OS VIVOS,
O MORTO E O
PEIXE-FRITO

ONDJAKI

OS VIVOS, O MORTO E O PEIXE-FRITO

ILUSTRAÇÕES

VÂNIA MEDEIROS

PALLAS

RIO DE JANEIRO, 2014

COPYRIGHT © 2014
Ondjaki

EDITORAS
Cristina Fernandes Warth
Mariana Warth

PRODUÇÃO EDITORIAL
Aron Balmas
Livia Cabrini

PROJETO GRÁFICO E EDIÇÃO
Julio Silveira (Imã Editorial)

CIP-BRASIL.CATALOGAÇÃO-NA-FONTE
SINDICATO NACIONAL DOS EDITORES DE LIVROS, RJ

O67v

Ondjaki
  Os vivos, o morto e o peixe frito / Ondjaki ; ilustrações Vânia Medeiros. - 1. ed. - Rio de Janeiro : Pallas, 2014.
  136 p. : il. ; 27 cm.

  ISBN 978-85-347-0523-3

  1. Teatro - Literatura infantojuvenil angolana. I. Medeiros, Vânia. II. Título.

14-14416   CDD: 028.5
                              CDU: 087.5

Esta edição mantém a grafia do texto original em português de Angola, adaptado ao novo Acordo Ortográfico da Língua Portuguesa, com preferência à grafia angolana nas situações em que se admite dupla grafia e preservando-se o texto original nos casos omissos.

Todos os direitos reservados à Pallas Editora e Distribuidora Ltda. Não é permitida a reprodução por qualquer meio mecânico, eletrônico, xerográfico etc. de parte ou da totalidade do conteúdo e das imagens contidas neste impresso sem a prévia autorização por escrito da editora.

Este livro foi impresso em dezembro de 2014, na Impressul, em Jaraguá do Sul.
O papel do revestimento da capa e do miolo é o offset 90g/m² e o da capa é o cartão 250g/m².

Pallas Editora e Distribuidora Ltda.
Rua Frederico de Albuquerque, 56
Higienópolis - Rio de Janeiro - RJ
CEP: 21.050-840
www.pallaseditora.com.br
pallas@pallaseditora.com.br

Aos meus amigos
Paula Nascimento, Daniel Martinho,
Miguel Sermão, Ângelo Torres, Dalton Borralho,
Mina Andala e Fernanda Almeida;

aos mais-velhos Tamoda e João Vêncio,
inspirações maiores do nosso cotidiano criativo;

aos africanos que escolheram a
Europa como uma outra casa.

...é possível que, por "vias afectivas", haja no meu título
ecos de um título de Manuel Rui: '1 morto & os vivos'.
Afinal, a literatura está contaminada de diálogos que uso aceitar.

O texto *O morto, os vivos e o peixe-frito* foi apresentado pela primeira vez, via rádio (RDP África), durante o "África Festival 2006" (Portugal).

Em 2009, o Grupo Harém de Teatro (Teresina, Piauí) publicou uma edição limitada desta obra, pelo que deixo aqui o meu agradecimento.

Pelas falas em crioulo do personagem Titonho agradeço ao Carlos Jorge.

PERSONAGENS

JOÃO JONNY MOURARIA ou JJ MOURARIA
São-tomense, já português

MANGUIMBO ou PADRINHO
Angolano

TITONHO
Amigo do morto, cabo-verdiano, com sotaque cabo-verdiano

SOLENE
Mulher do guichê, negra, portuguesa, com sotaque de Portugal

MANA SÃO
Mulher da fila, angolana

MAKUVELA
Estudante, moçambicano

CONCERTINO ou SECURÍTA
Segurança, português

MÁRIO ROMBO
Pai da noiva, angolano

NADINE
Mãe da noiva, moçambicana

GUILHERMINA ou MINA
A noiva, portuguesa

QUIM ou TIO QUIM
Tio da noiva, angolano

FATU
A vizinha, guineense

MORTO ou FALECIDO ou FINADO ou DEFUNTO
Guineense

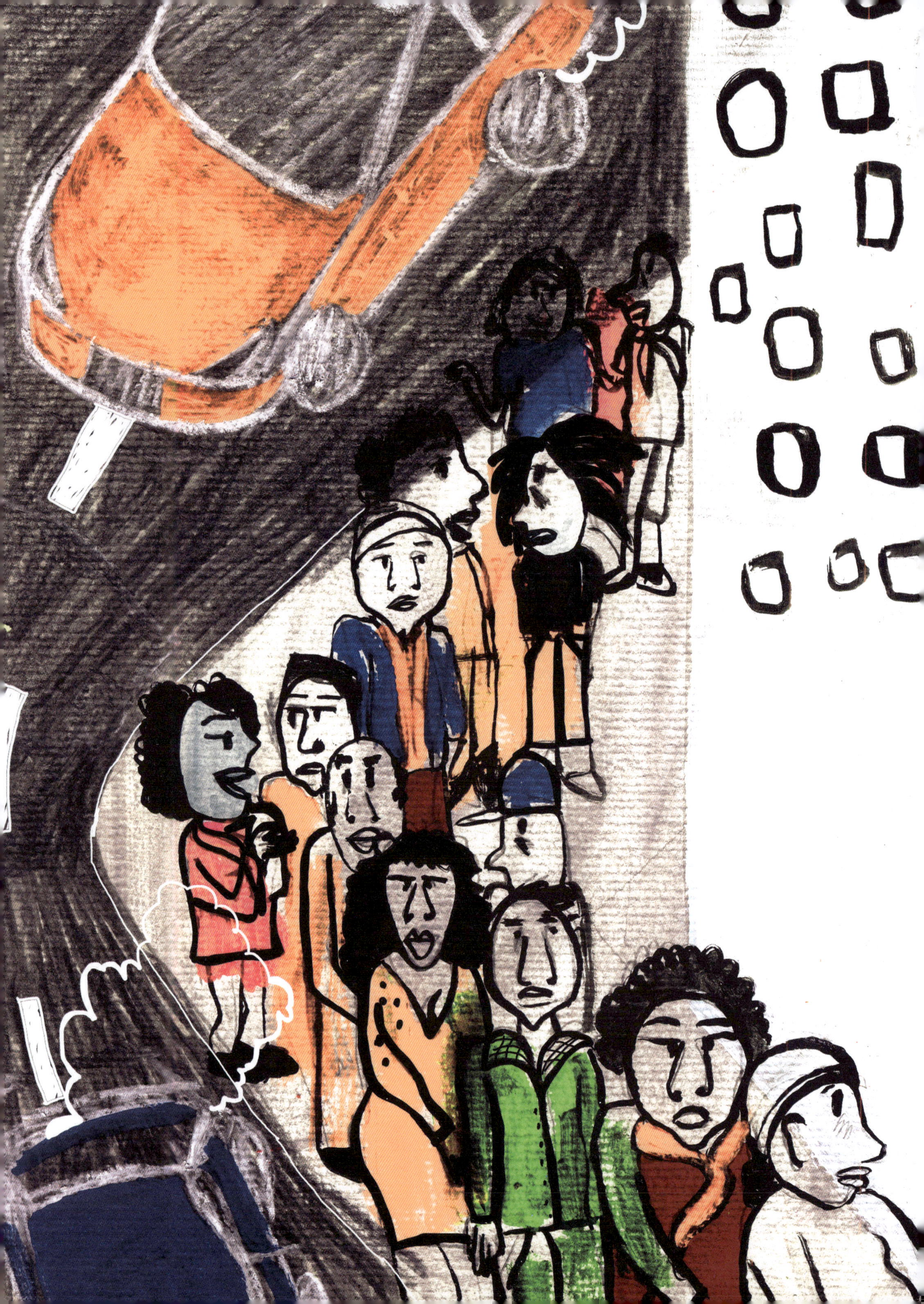

MANHÃ FRIA.
LADO DE FORA DO EDIFÍCIO 'MIGRAÇÃO-COM-FRONTEIRAS'.
TITONHO APROXIMA-SE CAMINHANDO DEPRESSA. ENCONTRA UMA FILA NA PARTE DE
FORA DO EDIFÍCIO. A SENHORA IMEDIATAMENTE À SUA FRENTE É MANA SÃO.

TITONHO
Bom dia, minha senhora.

MANA SÃO
Bom dia.

TITONHO
Como é, a fila está a andar?

MANA SÃO
Está mais ou menos.

TITONHO
Mais ou menos é como então?

MANA SÃO
É só assim, malembe-malembe. Devagarinho.

TITONHO
E não se pode entrar mesmo?

MANA SÃO
Entrar? [RI-SE.] Entrar é daqui a duas horas... Você não acabou de chegar?

TITONHO
Vejo que a senhora é angolana.

MANA SÃO
Angolana e benguelense. E o senhor, cabo-verdiano, não?

TITONHO
Cabo-verdiano, muito prazer, sou António,
mais conhecido aqui em Portugal por "Titonho".

MANA SÃO
[RINDO] Titonho?..., sou a Conceição, mais conhecida aqui e em todo o lado por Mana São.

UM SEGURANÇA FAZ SINAL, A FILA AVANÇA UM POUCO, ALGUMAS PESSOAS
CONSEGUEM ENTRAR NO EDIFÍCIO ABRIGANDO-SE DO VENTO. O SEGURANÇA FAZ

SINAL PARA MANA SÃO ENTRAR, E JUSTAMENTE
MANDA PARAR TITONHO, QUE FICA DE FORA.

TITONHO [PARA O SEGURANÇA]
Meu amigo, dê-me só licença [TENTANDO ENTRAR] que eu estou aqui junto com a minha prima Mana São.

SEGURANÇA
[ESPANTADO] Sua prima?!, mas você acabou de a conhecer...

TITONHO
Nós, africanos, aqui na Europa, somos todos primos. De qualquer modo está muito frio aqui fora, deixe-me lá ficar junto da minha prima.

SEGURANÇA
Desculpe, mas não pode ser, tem que aguardar aqui fora. Uma fila é uma fila, o senhor tem que ter paciência.

TITONHO
[FORÇANDO PARA FICAR DO LADO DE DENTRO] Eu até tenho paciência, mas o problema é este vento desagradável. E mais uma pessoa não vai tirar vez de ninguém. Você não tem frio?

SEGURANÇA
Tenho frio e tenho ordens. Vá lá, espere um bocadinho que já entra. Isto agora é verão, daqui a pouco já passa o ventinho.

OUVEM-SE VOZES DE RECLAMAÇÃO. NO FIM DA FILA UM HOMEM DE APARÊNCIA JUVENIL (JJ MOURARIA) SAI DO SEU LUGAR E VEM REFILAR COM O SEGURANÇA.

JJ MOURARIA
Ó "Segúra", você não vê que está a falar com um mais velho, dikota propriamente dito, e [VIRANDO-SE PARA TITONHO] bom dia que já vamos resolver isto.

TITONHO
[COM FRIO, ESFREGANDO OS BRAÇOS, ENDIREITANDO NO BRAÇO ESQUERDO UMA FITA NEGRA] Bom dia.

SEGURANÇA
Ó meu amigo, aqui ninguém falou mal com ninguém, eu estava a explicar a este senhor que...

JJ MOURARIA
[INTERROMPENDO] Aqui não há explicações de porque-why e ding-dong-bell. Este aqui é um nosso mais velho considerado, para mais em outros assuntos que você desconhece.

SEGURANÇA
[TENTANDO FALAR] Mas eu não disse...

JJ MOURARIA
Abstenha-se de fazer ruído logo pela manhã, ó "jovial segúra".

AS PESSOAS NA FILA RIEM.

JJ MOURARIA
Você não tem olhos de ver que este mais velho está indevidamente resfriado nesta posição e precisa de resguardo a todos os níveis?

SEGURANÇA
O quê? Não entendo.

JJ MOURARIA
Faça por isso, meu jovem, faça por isso. [MAIS SÉRIO, A OLHAR PARA O SEGURANÇA] Abra a porta, por favor. Este nosso mais velho dikota-diami está enlutado numa tristeza muito própria. Você não viu a farpela lateral no braço?

SEGURANÇA
[ABRE A PORTA, VIRA-SE PARA MANA SÃO] É que realmente não entendo...

MANA SÃO
Ele está a dizer que o Titonho, além de ter frio, está de luto, e que você deve respeitar e ajudar. Você nunca esteve enlutado?

O SEGURANÇA FICA CONFUSO.

JJ MOURARIA EMPURRA TITONHO PARA DENTRO DO PRÉDIO E FICA ELE PRÓPRIO LÁ DENTRO. DEPOIS VIRA-SE PARA O SEGURANÇA.

JJ MOURARIA
Muito obrigado, jovial "segúra", a comunidade africana aqui presencial agradece a tua sensibilidade para com as temperaturas sentidas nesta manhã.

SEGURANÇA
[MURMURANDO] Parece que vamos ter caldo de "muzinguê[1]"...

JJ MOURARIA
[IGNORANDO-O] Já agora [VIRANDO-SE PARA MANA SÃO E TITONHO], se os mais velhos admitem o parlapiê, aproveito para redigir oralmente a minha graça.

---

1. *O Segurança quis dizer* Muzonguê, *um caldo de peixe.*

MANA SÃO
[RINDO] Há com cada um...

JJ MOURARIA
Atendo pelo internacional nome de Jota Jota Mouraria, originário barrigalmente das terras de S. Tomé e Príncipe, mas já vindo ao mundo nesta capital lisboeta de frios e tanta africanidade. É verdade, Jota Jota Mouraria... [PAUSA] O "Jota Jota" é de raízes familiares, o "Mouraria" é de afinidades urbanas, muito prazer minha senhora...?

MANA SÃO
...Conceição, mais conhecida por Mana São, e este (APROXIMA-SE DE TITONHO) é o seu António, mais conhecido por Titonho.

JJ MOURARIA
E as coordenadas geográficas, já agora?

TITONHO
Eu sou de Cabo-Verde, Santo Antão, e a minha prima [OLHANDO PARA O SEGURANÇA] Mana São, é do sul de Angola, província de Benguela.

JJ MOURARIA
Verdadeiramente encantado por esta repentina confraternização palopiana[2]. [PAUSA] Então o amigo é um "morabezístico juramentado", e a prima Mana São vem das correntes frias de Benguela... Que maneira mais optimística de começar o dia, folgo muito em vê-los aqui nesta nossa cidade afro-europeia.

SEGURANÇA
Isto vai aqui uma "cátchupa"[3]... Belo convívio, belo convívio me saiu na rifa.

O SEGURANÇA AFASTA-SE, INCRÉDULO PELO DIÁLOGO. ABRE A PORTA, DEIXA ENTRAR MAIS PESSOAS. ENTRA UM SENHOR BEM VESTIDO (MANGUIMBO) E UM ESTUDANTE (MAKUVELA)

SOLENE (SENHORA DO GUICHÊ)
Número 73, última chamada, número 73...! [E INSISTE] Número 73!...

JJ MOURARIA
[ALTO] Minha senhora, ultrapasse por favor esse número ausente. [PAUSA] Dê sequência a essa contagem numérica que aqui tem muita gente à espera... E camarão que dorme perde a senha... [VÁRIOS RISOS]. Era o que faltava estarmos aqui à espera do tal 73...

MANA SÃO
[SÉRIA, PARA O TITONHO] Os meus pêsames pela sua perda.

---

2. Referência a "Países Africanos de Língua Oficial Portuguesa", PALOP.
3. O segurança quis dizer Catchupa, prato cabo-verdiano.

TITONHO
Muito obrigado, minha senhora.

JJ MOURARIA
[VOZ COMOVIDA] Titonho... permita-me que me avizinhe nesse sentido pesaroso e abrevie desde já os meus enlutados pêsames... [ABRAÇA TITONHO] Seja forte, kota[4]... por entre as brumas da dor, o sol da vida brilhará... seja forte... Tenho dito e fim de citação!

TITONHO SENTE-SE ESQUISITO POR SER ABRAÇADO PELO DESCONHECIDO **JJ MOURARIA**, MAS FAZ UMA CARA DE AGRADECIMENTO. ENDIREITA A FITA NO BRAÇO DEPOIS DO ABRAÇO. **JJ MOURARIA** OLHA EM VOLTA COMO SE PROCURASSE ALGUÉM. TROCANDO OLHARES COM **MANGUIMBO**, CASUALMENTE, APROVEITA PARA FAZER UM SINAL DE CABEÇA, CUMPRIMENTANDO-O.

TITONHO
É assim a vida, não somos ninguém..., hoje estamos cá, amanhã não sabemos. *Destine te pertencê Déus.*

JJ MOURARIA
[BAIXINHO] E mesmo esse já está com dificuldades em controlar a coisa...

MANA SÃO
[PARA TITONHO] Era familiar seu?

TITONHO
Era quase familiar.

JJ MOURARIA
Um primo?

MANA SÃO
Um irmão seu?

JJ MOURARIA
Um enteado assim afastado?!

TITONHO
Não, era um vizinho.

JJ MOURARIA
Eu compreendo..., hoje em dia nas relações de vizinhança europeia predomina um certo anonimato factual, mas sempre há excepções... [PAUSA] Eram vizinhos de larga duração?

---

4. Kota: *"mais-velho"*; tratamento respeitoso.

TITONHO
É gente muito amiga... Sou de casa, frequentava muito os almoços de domingo e outros, conheço bem a esposa do falecido, éramos como irmãos, do mesmo clube de futebol e tal... Enfim...

JJ MOURARIA
[ACENANDO AFIRMATIVAMENTE COM A CABEÇA] O belo fator da coesão desportiva, acrescido mesmo do polo gastronômico...

MANA SÃO
E foi assim muito de repente?

TITONHO
Quer dizer, a pessoa nunca está preparada para estas coisas, não é assim...?, mas digamos que ele foi morrendo... Foi morrendo... E depois morreu! [PAUSA] Foi de madrugada e a esposa quando acordou ele já não quis acordar, [PAUSA] deve ter sido a vontade de Deus.

JJ MOURARIA
[DISTRAIDAMENTE] De noite sempre é mais suave... O fator da horizontalidade...

MANA SÃO
Como assim?

JJ MOURARIA
Não..... Digo... Dormindo tudo se mistura com a desfaçatez do sonho e tal, e não custa nada. [PAUSA] Melhor assim, não é mais velho? [PARA TITONHO], penso que o seu amigo vizinho terá seguido em paz... Dizem que é suave a travessia na canoa do adormecimento eterno, noves fora a poesia.

TITONHO
Julgo que sim... Nunca experimentei.

MANA SÃO BENZE-SE. JJ MOURARIA BENZE-SE COM A MÃO ESQUERDA.

SOLENE
Número 84..., por favor, número 84 da senha amarela com riscas...

TITONHO
E a senhora, veio tratar da sua autorização de residência?

MANA SÃO
[SORRINDO] Não..., eu quero ver como posso fazer com o meu filho que acabou de nascer.

TITONHO
Foi mãe recentemente? Mas ninguém diria... Muitos parabéns, minha senhora...

JJ MOURARIA
[QUE ESTAVA DISTRAÍDO A OLHAR PARA OUTRAS FILAS] Mas que novidade refrescante e maternal, dona Mana São..., dona Mana São... [EMOCIONADO], venham de lá dois beijos e um amplexante abraço para saudar a recém chegada da sua criança.

JJ MOURARIA DÁ DOIS BEIJOS E ABRAÇA A MANA SÃO, QUE ESTÁ UM POUCO ATRAPALHADA. DEPOIS VIRA-SE PARA O SEGURANÇA, EM TOM DE BRINCADEIRA.

JJ MOURARIA
Ó "jovial", aqui não há champanhe para celebrações repentinas?
[DEPOIS, PARA MANA SÃO] Muitos parabéns...

MANA SÃO
Muito obrigada.

JJ MOURARIA
Vejam as sobreposições coincidentes da vida... Falávamos ainda agora de uma morte repentina e já introduzimos um tema vital: há mais uma alma africana nascida nesta capital europeia. [PAUSA] Não há como o prédio da Migração-Com-Fronteiras para se aprender com a vida.

SEGURANÇA
[METENDO-SE NA CONVERSA] Viva os "cádengues"... Viva os "muanadengues"![5]

TITONHO
Mas esse registro da criança é aqui? A senhora tem certeza?

MANA SÃO
Aqui não é o registro, mas quero saber como faço para legalizar o miúdo, é que se calhar ele já pode apanhar essa boleia de ser português, não sei.

JJ MOURARIA
[SATISFEITO] É bem possível, dona Mana São, bem possível... Já foi aprovada essa lei Socrática[6] de portugalizar os estrangeiros residentes... Não sei se a lei já está com vigor extensível aos recém-natos, se me faço entender.

TITONHO
Lei Socrática? Isso fica como então?

JJ MOURARIA
O tio num está a par das modificações legislativas que vão afectar as comunidades adjacentes? O primeiro-ministro, Tio Sócrates, já avançou com a proposta... A malta aí no meu bairro brindou às legalizações e apelidamos essa lei de "lei Socrática". Quem residir aqui não sei quantos anos vai poder usufruir também.

---

5. *Ele quis dizer* Candengues *ou* Monandengues, *em quimbundo: crianças.*
6. *"Lei Socrática": referente a José Sócrates, à época, primeiro-ministro de Portugal.*

TITONHO
Usufruir de quê?

MANA SÃO
Da nacionalidade portuguesa.

TITONHO
Afinal?

JJ MOURARIA
Afinal e enfim!, vamos ver se nos deixam também usufruir das igualdades todas, as de circunstância e as outras!... Mas penso que sim, desta vez tem de ser mesmo para valer, e acho que é mesmo com o BI, o Bilhete de Identidade amarelado e tudo.

TITONHO
[ESPANTADO] O BI amarelo dos portugueses? Vão dar aos africanos?!

MANA SÃO
Parece que sim, Titonho, é um sonho mesmo... Um sonho e um descanso...

TITONHO
[MUITO ESPANTADO] Mas o BI amarelo mesmo, aquele dos portugueses? Ou ainda é aquele azul, BI de estrangeiro que depois também desistiram e nos deram o cartão desdobrável...?

JJ MOURARIA
Ó tio, a promessa Socrática é a portugalidade documental efectiva. Nem a azulada, nem esse desdobrável tipo cortina de papelão. A promessa é um usufruto totalizado e potenciador... [PAUSA, E FAZ VOZ COMO SE DISCURSASSE] total porque dentro da geografia europeia, e mesmo de outras, estaremos fortemente documentados; e potente, porque finalmente poderemos circular por nações nunca dantes frequentadas... [TOSSE] Tenho dito!

TITONHO
Deus queira mesmo, [VOZ TRISTE; QUASE CHORANDO] aiii!, que pena o meu compadre não tenha vivido mesmo para ver este dia.... [AQUI ESQUECE DO SEU TEATRO DE CHORO E FAZ VOZ NORMAL] Quer dizer, quem já reside há muito tempo vai poder mesmo pedir nacionalidade?

MANA SÃO
Pedir... Todos podemos pedir...

TITONHO
[SUSSURRANDO E OLHANDO EM REDOR] E vão dar mesmo a nacionalidade portuguesa?

NA FILA, O JOVEM MAKUVELA APROVEITA PARA ENTRAR NA CONVERSA.

MAKUVELA
Vão dar, sim, já se fala nisso. Quem vive aqui há seis anos já pode começar a tratar dos papéis.

MANA SÃO
Ah!, são seis anos?

JJ MOURARIA FICA CIUMENTO PORQUE O JOVEM ESTUDANTE PARECE ESCLARECIDO. JJ MOURARIA FALA DEVAGAR E SABOREANDO CADA PALAVRA COMO QUE DESAFIANDO O ESTUDANTE COM O SEU PODER CRIATIVO VERBAL.

JJ MOURARIA
Não é bem assim, no "ipsis verbis factuandi"…

MAKUVELA
Como?

JJ MOURARIA
Como digo, não está ainda estabelecido o período temporal de residência prévia ao pedido efectivo da obtenção da nacionalidade plena e potenciária da chamada nação portuguesa… [PAUSA, OLHA PARA O MIÚDO] E o jovem?

MAKUVELA
Sim?

JJ MOURARIA
Qual foi o nome próprio que os seus pais lhe colocaram quando o levaram ao registo das crianças recém-nascidas?

MAKUVELA
Desculpe, não entendi.

MANA SÃO
[SORRINDO] Ele está a perguntar como é que te chamas.

MAKUVELA
Chamo-me Makuvela Duba Dias, sou moçambicano, estudo aqui em Lisboa, também vim saber dessa situação da obtenção da nacionalidade.

TITONHO
[PARA MAKUVELA] sou o Titonho, cabo-verdiano de Santo Antão, muito prazer.

JJ MOURARIA
[APERTA A MÃO DE MAKUVELA] Jota Jota Mouraria, de S. Tomé e de Lisboa, simultânea e quotidianamente.

MANA SÃO
Eu sou a Conceição, mais conhecida por Mana São, sou benguelense.

MAKUVELA
Terra de moças muito bonitas, se me permite o comentário.

O SEGURANÇA, NUM GOLPE INESPERADO, APROVEITA E APRESENTA-SE TAMBÉM COM AR DE PATETA.

SEGURANÇA
Eu sou o Concertino, mais conhecido por "Concertas"... Fiquem à vontade como se estivessem na "dibala"!

TODOS RIEM MENOS JJ MOURARIA.

MANA SÃO
[CORRIGINDO] Na buala!

SEGURANÇA
Sim, na "dibuala"[7].

TODOS RIEM.

JJ MOURARIA
Oiça lá, ó "Securíta", isto aqui é uma confraternização *Palopiana* sem interferências do carimbo *Schengen*.

MANA SÃO
Deixa lá o moço, até tem um nome giro...

JJ MOURARIA
Nome giro... Nome giro... Concertino é nome de homem com "H" maiúsculo? Ou é uma vogal minoritária sem acento no parlamento adulto dos alfabetos ditos normais...?

SEGURANÇA
Não tem "amaka"[8]...

SOLENE
[INTERROMPENDO] Número 117, senha amarela com riscas... Número 117... [PAUSA] número 117...

---

7. Buala: *bairro, vila.*
8. O segurança quiz dizer Maka: *problema, questão, confusão.*

JJ MOURARIA REPARA QUE DEPOIS DO JOVEM MAKUVELA ESTÁ UM SENHOR (MANGUIMBO) BEM VESTIDO QUE OUVE ATENTAMENTE A CONVERSA DELES MAS QUE NÃO SE INTROMETE.

SOLENE
Número 117, senha amarela com riscas... Número 117...

JJ MOURARIA
Ó minha senhora, desvincule-se do 117, verifique a presença do 118, senão eu ofereço-me como voluntário!

GARGALHADA GERAL.

MANA SÃO
E o Titonho, está aqui na fila por causa da sua autorização?

TITONHO
Não, eu estou devidamente autorizado. O meu compadre é que não estava, e como a morte chegou assim de repente, [VOZ TRISTE] eu agora não sei como será com o enterro e parece que ainda tenho que vir legalizá-lo a tempo do funeral.

JJ MOURARIA
E essa cerimónia fúnebre, bem regada como manda a tradição africana, até podendo conter elementos de variada gastronomia local, essa cerimónia quando é vai decorrer, Titonho?

TITONHO
Está tudo ainda muito recente, [PAUSA] a esposa está desolada e pediu-me para eu vir obter informações. O funeral deverá ser o mais cedo possível.

JJ MOURARIA
Mas... Se não é atrevimento da minha parte, deixe-me perguntar: o morto, se assim poderei dizer, era de nacionalidade africana?

TITONHO
Sim, ele e a esposa são guineenses.

JJ MOURARIA
E na altura do passamento, ele estava desautorizado a residir, é isso?

TITONHO
Como assim?

MANA SÃO
Os papéis dele, estavam já irregulares, não?

TITONHO
Pois, é isso mesmo, já estava tudo fora dos prazos, e eu agora vim aqui saber como é que são os trâmites do processo, deve haver uma solução.

JJ MOURARIA
Bem, um morto, se assim posso dizer, não é obrigado a ter autorização de residência, até porque para residir tinha que estar vivo... (PAUSA)
Contudo, para ocupar o devido lugar em terreno cemiterioso, talvez, aí sim, os papéis venham a ser necessários em estatuto confirmado de legalidade oficiosa.

MAKUVELA
Mas não sei se esse assunto se trata aqui.

TITONHO
Eu também não sei, mas a minha comadre viúva estava tão triste que eu vim até aqui obter qualquer informação, mas uma pessoa só para pedir uma informação tem que enfrentar esta fila enorme..., isto é um problema.

JJ MOURARIA
[FALANDO UM POUCO MAIS ALTO] Eu usualmente presto certo tipo de informações e de serviços de modo a evitar justamente estas esperas indefinidas e incessantes, [DEPOIS FALA PARA O TITONHO} mas nunca antes fui confrontado com semelhante dificuldade processual... [MURMURA AINDA} "Post mortem, vénitas documentum faltum"... [PAUSA] "Ignorum factu este!"

MANGUIMBO, OLHANDO O RELÓGIO, APROVEITA PARA FALAR COM MAKUVELA.

MANGUIMBO
Desculpe, isto ainda demora muito?

MAKUVELA
Aqui é mesmo é só aguentar, kota, não faço ideia... Depende do andamento dos assuntos aí à frente.

MANGUIMBO
Mas isto é uma fila que nunca mais acaba, a atenderem as pessoas a este ritmo.

JJ MOURARIA
É uma dificuldade factual [PAUSA] e deveras desesperante, veja que nós já estamos aqui desde de manhãzinha, e contudo perecemos... "Mádrugas, madrugadum, et ómnia madrugadis!".

MANGUIMBO
Como?

JJ MOURARIA
Quer dizer, aqui estamos, vamos estando..., na expectativa e tal, no mais, no etc... [PAUSA] E o senhor? Algum assunto informativo que eu possa adequar?

MANGUIMBO
Eu estou aqui através de uma prorrogação de visto.

MANA SÃO
O senhor é de Luanda, não?

MANGUIMBO
Sou sim, minha senhora.

MANA SÃO
Vi pelo sotaque caluanda, não deixa dúvidas.

MANGUIMBO
[COM VOZ DE CONQUISTADOR] E a senhora, se não me engano, é de Benguela.

JJ MOURARIA
Epá, sim senhor, você tem um radar com GPS direccional sem rasto de dúvidas, porque aqui a dona Mana São é mesmo de Benguela... A sua pista era a oralidade do sotaque?

MANGUIMBO
[CALMO] Não... [PAUSA] A minha pista é a beleza no rosto da senhora Conceição.

MAKUVELA
Eu não disse, dona Mana São? As benguelenses não enganam.

MANA SÃO
Muito obrigado, mas também não precisa exagerar... [ATRAPALHADA, TENTA MUDAR DE ASSUNTO] Mas o senhor dizia que vinha tratar do quê?

MANGUIMBO
Pois, eu queria ver se era possível prorrogarem-me o visto de turismo, dado que necessito de ficar mais uns dias, surgiram uns assuntos.

JJ MOURARIA
Tudo se resolve, nomeadamente e mesmo por conseguinte... [PAUSA] Tudo aqui é possível... Sabe, Lisboa nesse aspecto é muito homologada com Luanda.

MANGUIMBO
[OLHANDO SÉRIO PARA JJ MOURARIA] Disso não tenho dúvidas.

JJ MOURARIA
[APERTANDO A MÃO A MANGUIMBO] Sou Jota Jota Mouraria, um amigo ao seu expor.

MANGUIMBO
Prazer, sou Manuel, mais conhecido por Manguimbo.

TODOS SE CUMPRIMENTAM SORRINDO. O TELEFONE DE JJ MOURARIA TOCA, ELE VÊ O NÚMERO, IGNORA A CHAMADA. RESPIRA FUNDO.

JJ MOURARIA
[AINDA OLHANDO PARA O TELEFONE E FALANDO PARA SI PRÓPRIO] Estas epitáfias aventuras femininas... O que seria da vida sem os condicionalismos dos dias quotidianos e as relações afectivas em geral... Mesmo que no particular.

MANGUIMBO
Mas isto é por demais complicado, eu não vejo esta fila avançar.

MAKUVELA
[PARA MANGUIMBO] Ó kota, é só com calma mesmo... Aqui em Portugal, essa é a fila mais conhecida pelos africanos, até tem pessoas que envelheceram aqui nessa fila.

TODOS RIEM. JJ MOURARIA ENTENDE QUE O MIÚDO TEVE PIADA E QUE CHAMOU A ATENÇÃO.

MANGUIMBO
Logo hoje que é o "dia D".

TITONHO
[CONCORDANDO] Nem me fale...

JJ MOURARIA
Com certeza aqui o senhor Guimbo está a referir-se fatualmente...

MANGUIMBO
[INTERROMPE JJ MOURARIA, MUITO SÉRIO, FALANDO EM TOM MILITAR] Atenção jovem!... [PAUSA DESAGRADÁVEL] O nome é Manguimbo, tenha atenção a todas as letras alfabéticas!

JJ MOURARIA
Queria desculpar este desintencional atropelo provocado por um mero "lábius lingué"... Eu queria indagá-lo quanto ao seu conceito de "dia D"... Acabou de dizer que hoje é o dia D, estou na frequência correcta?

MANGUIMBO
Positivo! Então vocês não sabem que hoje é o dia do jogo de futebol Angola-Portugal, no mundial? Eu estou aqui numa pilha de nervos.

MANA SÃO
[DEVAGAR] Mas olhe que isso faz mal ao estômago...

MAKUVELA
Esta espera é que faz mal a qualquer estômago.

TITONHO
Nê pe falá ness cosa!

MAKUVELA
No estômago?

TITONHO
Não, no jogo...... O meu falecido compadre, ele adorava futebol [PAUSA, VOZ TRISTE], estava tão contente com este jogo de Angola-Portugal, logo tinha que vir a falecer um dia antes.

JJ MOURARIA
[PARA TITONHO] Tenha calma, Titonho... O que agora devemos realmente providenciar, e foi muito bem lembrado aqui pelo amigo Manguimbo, é uma comemoração do pré e do pós jogo internacional... A comunidade deve celebrar umas horas antes porque nunca se sabe o que poderá vir a acontecer umas horas depois...

MANGUIMBO
[SÉRIO, PARA JJ MOURARIA] Mas então você acha que Angola vai perder...?

JJ MOURARIA
[ATRAPALHADO] Não iria tão longe no meu prévio prognóstico posterior..., Manguimbo... Isto é, propriamente, sou a favor da táctica da prudência, e que devemos celebrar antes e durante o evento, nos "depoises", tudo poderá ser diferente o bastante..., se me faço entender...

MANA SÃO
O importante mesmo é que chegamos lá, e agora pronto, é só aguentarmos, mas já foi muito bom termos ido ao mundial.

MANGUIMBO
Sim, agora tudo pode acontecer.

MAKUVELA
E tá lá o nosso Mantorras.

JJ MOURARIA
"Nosso", com quem? Tu não és moçambicano? Agora o Mantorras é primo do Eusébio ou quê?

MANA SÃO
Mas o Eusébio não é português?

MAKUVELA
Eu sou moçambicano, mas a malta de Moçambique está com Angola e com o Mantorras... Tudo pode acontecer.

TITONHO
[OLHANDO PARA O JJ MOURARIA, COMO QUE TENTANDO PERCEBER A JOGADA DELE] Sim, hoje tudo pode acontecer [PAUSA] E este nervosismo dá-me sede...

JJ MOURARIA
O kota tem razão, "dura lex, sede lex"...
Esta fila demorosa faz com que uma pessoa quase se desidrate de expectativas várias...
[PARA MANGUIMBO] Ainda há alguns minutos inquiri o "jovem segúra" sobre a possibilidade desta casa fornecer umas bebidas à população aqui em lista de espera... [PAUSA]

SEGURANÇA
Só se quiserem um caldo de "mizongué"... [E RI-SE SOZINHO]
Ahahah, com muito "jidumbo"[9]... Ahahah.

MANA SÃO
Isso é que era bom...

TITONHO
[SORRINDO] Eu aceitava um grogue para saudar a selecção angolana.

JJ MOURARIA
[PARA MANGUIMBO] Mas se os nossos compatriotas permanecerem fiéis a esta fila, nós talvez possamos induzir-nos a uma tasca que eu conheço nas proximidades circundantes... O kota não alinha?

MANGUIMBO
Eu tou sempre pronto a alinhar num "levantamento de copo"... [A MÃO FAZ UM MOVIMENTO CIRCULAR NA BARRIGA].

TITONHO
Eu posso acompanhar os senhores.

MANA SÃO
Podem ir, acho que isto aqui ainda falta um bom tempo...

JJ MOURARIA
[FAZENDO SINAL A MANGUIMBO E A TITONHO] Seja feita a vontade dos homens, assim na rua como no Edifício das Migrações Com Fronteiras. Meus senhores, vamos efectuar uma retirada estratégica por motivos de pré-celebração do jogo sucedente a ele mesmo.

JJ MOURARIA, MANGUIMBO E TITONHO RETIRAM-SE EM DIRECÇÃO À PORTA. JJ MOURARIA FAZ SINAL AO 'JOVIAL SEGÚRA' QUE LHES ABRE A PORTA.

JJ MOURARIA
Ó jovem, memorize com nitidez estes três rostos sedentos de sede, pois nós vamos ali com "V" de voltar, não venha depois com teorias de nos remeter para o fim da fila...

O SEGURANÇA, MESMO SEM ENTENDER BEM, ACENA QUE SIM COM A CABEÇA.

---

9. Seria Jindungo: *pimenta*.

SEGURANÇA
[SORRINDO, CONTENTE] Não se preocupem, o "Concertas" tá aqui para resolver o maka, não é assim que se diz?

MANA SÃO
[RINDO] É "A" maka, com "a"...

SEGURANÇA
[SORRINDO, CONTENTE] Tá bem, não há "amaka" nenhum..., a casa é dos "cádengues" [RI-SE]. Vêm?, isto a malta é todos numa de aprender...! [DÁ GARGALHADA RIDÍCULA]... Muita "kizumba"[10], muito "jidumbo", numa de aprender!... E viva o Bonga!

JJ MOURARIA
[PARA MANA SÃO] Se a dona Mana São não se importa, este grupo vai bater uma retirada..., para que os nossos tímpanos e respectivos aparelhos ouvidais não tenham que se conformar com os pecados verbais aqui do "Securíta"!

SEGURANÇA
[SORRINDO E FALANDO COM ESTRANHO SOTAQUE SUPOSTAMENTE AFRICANO] É Concertino, o nome é Concertino... Mas não tem "amaka", os "cádengues" podem "vazar".

MANA SÃO E MAKUVELA RIEM.

MANA SÃO
Vão só bem e cuidado a atravessar a estrada.

JJ MOURARIA, MANGUIMBO E TITONHO RETIRAM-SE.

MANA SÃO
Fico sempre nervosa quando tenho que falar com estas autoridades migratórias.

MAKUVELA
Não tenha receio, é apenas uma informação.

MANA SÃO
Mas às vezes eles complicam, e ainda nos descobrem algum problema.

MAKUVELA
Não se preocupe, dona Mana São, tente é perguntar exactamente aquilo que lhe interessa. O resto é conversa.

MANA SÃO
Sim, mas eles querem é conversa... Resolver os problemas do povo é que está mais complicado.

---

10. *Ele quis dizer* Kizomba: *música e estilo de dança de Angola.*

BAR SCHENGEN.
JJ MOURARIA, MANGUIMBO E TITONHO ENTRAM E APROXIMAM-SE DO BALCÃO.

JJ MOURARIA
[PARA ALGUÉM DO BALCÃO] Ó amigo, recomende aí três imperiais estaladiças a modos que bem geladíssimas, por favor.

VOZ DO BAR
[COM SOTAQUE BEM PORTUGUÊS; IRÓNICO] "Sai" três imperiais aqui pro artista....!

VOZES NO BAR. BARULHO DE COPOS CHEGANDO AO BALCÃO.

MANGUIMBO
Pois é, hoje Angola não tem tarefa fácil... Mas estamos motivados, tudo pode acontecer...

TITONHO
Com certeza, amigo.

UM TELEFONE TOCA. É O DE JJ MOURARIA.

JJ MOURARIA
Se os amigos me dão uma certa licença, eu afasto-me para retroceder a esta chamada.

TITONHO
[RINDO] Faça favor.

MANGUIMBO
Mas este gajo fala um português assim entre o bairro de Chelas e a Universidade Católica...

TITONHO
Não me faça rir.

ENTRE RUÍDOS, ACONTECE SIMULTANEAMENTE O TELEFONEMA DE JJ MOURARIA E A CONVERSA ENTRE TITONHO E MANGUIMBO.

JJ MOURARIA
Sim, amor diz [...] Mas hoje? Diz então a que horas seria o cujo encontro [...] Hummm [...] Com o teu pai?! [...] O teu tio, mas qual? [...] Do outro lado do rio... Qual? Quem? [...] Quim ou Quem?

TITONHO
[PARA MANGUIMBO] Diga lá, amigo, o que o traz a Portugal? Falou de uns negócios...

MANGUIMBO
Sim... Negócios... Sabe como é, compra-se daqui vende-se dali... Muita circulação...

TITONHO
Desculpe, não estou a entender.

MANGUIMBO
É que este ano com o Mundial de futebol e tudo, anda muita coisa a circular... É preciso escoar os produtos...

TITONHO
Mas você veio comprar ou veio vender? Que produtos?

MANGUIMBO
Eu vim vender... Produtos diversificados, eu estou envolvido com o negócio do *import-export*...

TITONHO
Import-export? Mas de quê?

MANGUIMBO
De tudo um pouco, mobílias, carros, madeira, pedras...

TITONHO
Pedra também? Olhe nós em Cabo Verde o que não nos falta é pedra... Temos muita pedra... [RI-SE; BEBE CERVEJA.]

MANGUIMBO
[IRÓNICO] Nós também temos "pedras" em Angola. Mas são ligeiramente diferentes das vossas...

JJ MOURARIA
Não, desculpa [...] Tava distraído aqui a ouvir uma sequência discursiva [...] Sim [...] Mas descobriste quando? [...] E ligas-me assim derrepentemente e desprevenidamente para me arremessar essa notícia?...

MANGUIMBO
Mas, concretamente, como é que a coisa está organizada por aqui...?

TITONHO
Como assim?

MANGUIMBO
Quando é preciso despachar alguma coisa... Há contactos?

TITONHO
[ENTENDENDO] Isso depende dos materiais, e da urgência de cada um.

MANGUIMBO
E se o material for "bom" e a urgência for "alguma"...?

JJ MOURARIA
Eu? A quem? [...] Então faz de conta que tu não sabes que eu sei que eles já sabem [...] Pronto, calma [...] Eu também gosto muito de ti...

MANGUIMBO
Bem, também tamos só a falar numa hipótese, não é... Sempre é bom estar informado.

TITONHO
Estar informado, sim... [PAUSA] E ser cuidadoso: *kond bô te ne te terra de estrônhe, nunca bô te sinti ne bô casa!*

MANGUIMBO
[PENSATIVO] É verdade... Na terra do outro, a nossa casa é sempre emprestada...

JJ MOURARIA
Achas que vou como? [...] Não é isso, é claro que vou de autocarro, mas vou sozinho? [...] Sim [...] Hum [...]; [ASSUSTADO] o quê?! Padrinho!? [...] Mas não era só ainda uma pequena introdução superficial, ou é já revisão da matéria dada? [...] Não sei [...] Olha, achas boa ideia levar champanhe?

EDIFÍCIO MIGRAÇÃO-COM-FRONTEIRAS. ALGUM RUÍDO DE VOZES.

SOLENE
Senha amarela às riscas, número 444… Quatro, quatro, quatro!, senha amarela às riscas…

MANA SÃO
É a minha vez, tou aqui distraída.

MAKUVELA
Vamos lá.

SOLENE
Bom dia.

MANA SÃO
Bom dia, minha senhora, desejava uma informação.

SOLENE
Desejava, ou ainda deseja?

MANA SÃO
Ainda desejo, queria saber se o meu filho…

SOLENE
Um momento! A sua senha por favor…

MANA SÃO
Aqui tem.

SOLENE
Está um pouco amarrotada, não?

MANA SÃO
Ah, desculpe.

SOLENE
Tem a certeza que esta senha é de hoje?

MANA SÃO
Tenho sim… Venho só tentar esclarecer uma coisa, é que o meu filho…

SOLENE
Um momento! Este senhor é seu familiar?

MAKUVELA
De certo modo.

SOLENE
Aqui não existem "certos modos". Há laços. Laços de família. Se não é familiar e se não tem implicação directa no assunto, queira aguardar a sua vez e manter uma distância aceitável.

MAKUVELA RECUA.

SOLENE
Diga lá.

MANA SÃO
Minha senhora, eu acabei de ter um filho e gostaria de saber se ele poderá ter nacionalidade portuguesa.

SOLENE
Isso não é nada fácil.

MANA SÃO
Sim, compreendo. Mas é possível?

SOLENE
Depende.

MANA SÃO
De quê?

SOLENE
De vários fatores. De múltiplas conjunturas.

MANA SÃO
Mas disseram-me que agora há uma lei que já prevê esta situação. A criança nasce cá, a mãe está legal, ela pode ser portuguesa.

SOLENE
A lei não prevê, a lei contempla. Mas de qualquer modo, nem mesmo contemplar é fácil.

MANA SÃO
Mas a senhora não tem essas informações?

SOLENE
Quais?

MANA SÃO
Das condições para a criança ter a nacionalidade portuguesa.

SOLENE
Bom, vejamos. [PEGA NA CANETA, NO PAPEL COMEÇA A FAZER UM BREVE DESENHO.] A criança nasceu cá?

MANA SÃO
Sim, há menos de um mês.

SOLENE
Então não é uma criança. É um recém-nascido.

MANA SÃO
Sim…

SOLENE
E você reside cá?

MANA SÃO
Sim, já resido há muito tempo.

SOLENE
E sempre esteve legal?

MANA SÃO
Sim, mal consegui emprego, legalizei-me.

SOLENE
E a criança, ah, digo, o recém-nascido?

MANA SÃO
O que tem a criança?

SOLENE
Está legal?

MANA SÃO
A criança acabou de nascer. É sobre a legalização dela que eu vim aqui informar-me.

SOLENE
E há quantos anos a senhora esta cá?

MANA SÃO
Há 5 ou 6 anos, aproximadamente.

SOLENE
Tem que ser mais exacta minha senhora. "Aproximadamente" é algo que vai de 5 minutos até 500 anos. E há uma grande diferença: imagine que você não me convidou para ir à sua casa… [PAUSA] Mas eu vou. [PAUSA]. Uma coisa é ficar 5 minutos, outra é ficar 500 anos… Compreende?

MANA SÃO
Mas é que eu não sei exatamente o número de dias que estou legal em Portugal.

SOLENE
Mas terá que saber exactamente esse número. É disso que vai depender a decisão da nacionalidade.

MANA SÃO
Por uma questão de dias?

SOLENE
Até por uma questão de horas. A senhora tem de estar legal há mais de 6 anos. E olhe que os anos bissextos poderão ajudá-la... Ou não.

MANA SÃO
Mas...

SOLENE
Senha amarela às riscas número 445...

MANA SÃO
Mas não me pode dizer...

SOLENE
[IGNORANDO-A] Senha amarela com risquinhas... Número quatro, quatro, cinco!

MAKUVELA APROXIMA-SE.

MANA SÃO
Não entendo estes funcionários públicos...

MAKUVELA
Não se engane, estes não são funcionários públicos, são desfuncionais públicos...

MANA SÃO
Eu venho legalizar a criança e ela pergunta se a criança já está legal.

MAKUVELA
Não fique assim.

MANA SÃO
Eu digo que é uma criança, ela diz que é um recém-nascido...

MAKUVELA SORRI. AMBOS SAEM DO EDIFÍCIO MIGRAÇÃO-COM-FRONTEIRAS.

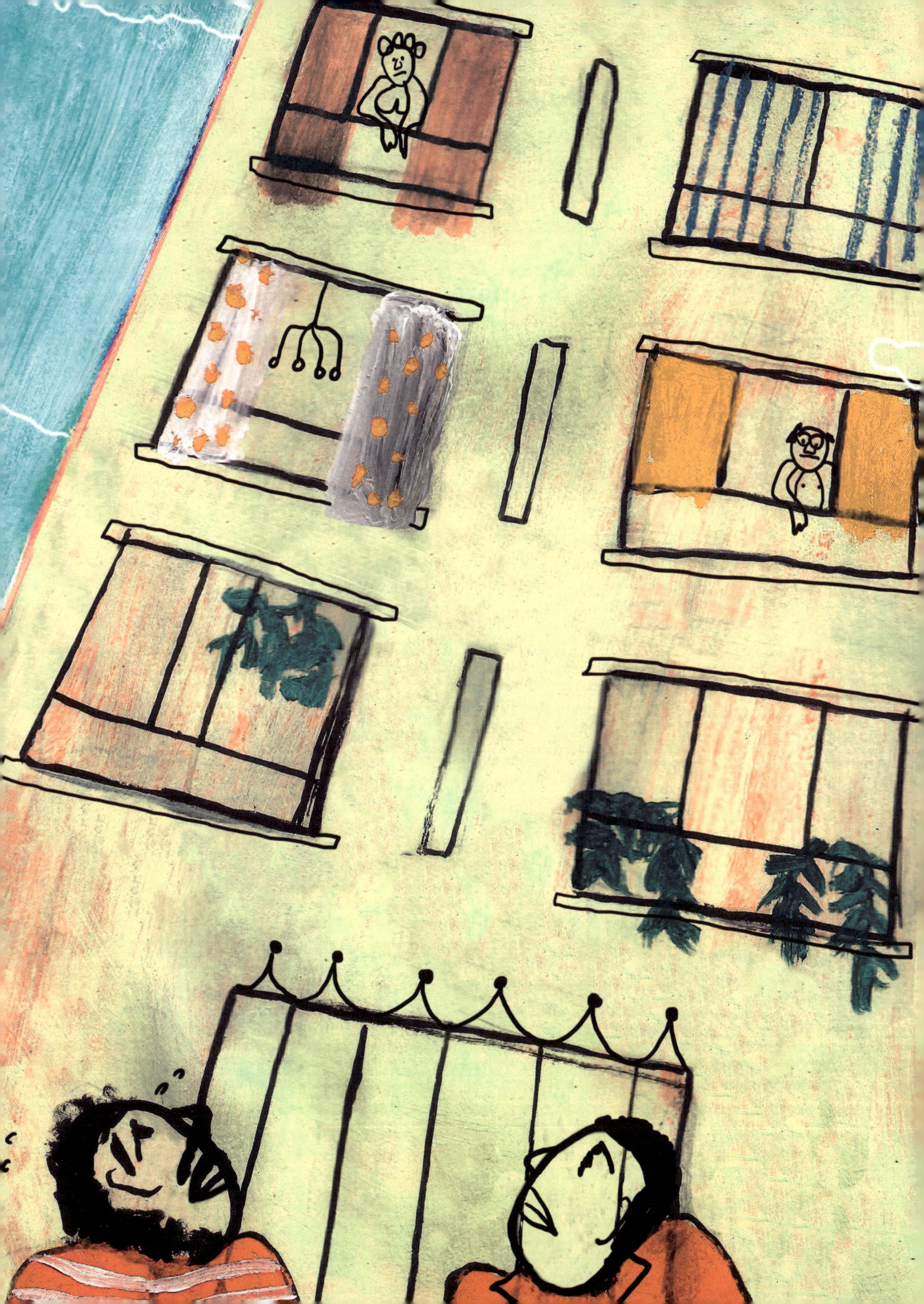

PORTA DO PRÉDIO DE MÁRIO ROMBO.

MANGUIMBO
Mas, agora estou-me a lembrar outra vez, nós não ficamos de ir lá ao edifício das fronteiras outra vez?

JJ MOURARIA
De certo modo... Quer dizer, ficou o dito pelo não feito... não há promessas rigorosas, padrinho, "passeare, humanum leste"...

MANGUIMBO
Bom, e aqui a situação é como, então?

JJ MOURARIA
É como combinámos já, padrinho... Entramos e deixamos que eles se declarem.

MANGUIMBO
Eles quem?

JJ MOURARIA
Os da família.

MANGUIMBO
Mas concretamente o que se passa? O quê que eles sabem?

JJ MOURARIA
Eu também desconheço o que eles conhecem, mas não se esqueça que o inverso também é verídico, padrinho...

MANGUIMBO
O inverso desse discurso é que era bom!... [PAUSA] Esta é mesmo a entrada do prédio?

JJ MOURARIA
É correcto, padrinho, estamos perante a entrada do palácio de uma certa Julieta, se me permite a referência.

MANGUIMBO
Da Julieta... [RISOS], e do pai da Julieta, e às vezes há também o irmão da Julieta, e os vizinhos! Nós lá em Angola temos muita experiência desse tipo de combate urbano feminino.

JJ MOURARIA
De fato o padrinho encontra-se com a razão... Mas neste caso concreto a noiva atende pelo nome de Mina.

JJ MOURARIA PARECE NERVOSO. E NÃO TOCA A CAMPAINHA NEM ENTRA NO PRÉDIO.

MANGUIMBO
Mas como é então? Vamos entrar ou não?

JJ MOURARIA
Sim, justamente pensava nessa dúvida concreta, entrar ou não entrar, eis o senão…

MANGUIMBO
Ó "Jota", deixa-te de conversa, pá, vamos avançar, tá tudo mais que visto…

JJ MOURARIA
Mas, ó padrinho [PAUSA], não estou a ver com a suficiente claridade qual é a nossa estratégia.

MANGUIMBO
A estratégia? Mas como assim?

JJ MOURARIA
A estratégia desta abordagem forçada, não se esqueça que estamos em território inimigo, e em desvantagem informativa.

MANGUIMBO
[INTERROMPE] Não, não… deixa-te lá de lero-lero! Aqui não há estratégia nenhuma, é avançar e o depois logo se vê. A porta está aberta? [OUVE-SE O BARULHO DELE A EXPERIMENTAR]

JJ MOURARIA
[ENTRANDO] Seja feita a vontade do padrinho.

MANGUIMBO
Vamos avançar que já tou com sede outra vez.

JJ MOURARIA
Encontro-me contudo munido de um certo nervosismo… Enfim, os dardos estão alçados!

MANGUIMBO
É o quê? Mas como é então você, nunca dás pausa nessas tuas dicas de papagaio mouro?

CHORO NA ESCADA. PASSOS. ALGUÉM DESCE.

JJ MOURARIA
[DEVAGAR, COMO SE PROCURASSE ENTENDER O QUE SE PASSA] Ó padrinho… [PAUSA] Como diria o saudoso Omelete, "há mais coisas entre a escada e o apartamento do que os nossos ouvidos podem escutar"…

ALGUÉM ACELERA O PASSO NA DESCIDA. É FATU. ENQUANTO DESCE VAI ALTERANDO A SUA RESPIRAÇÃO.

FATU
[CHORAMINGANDO] Meu marido... Meu marido... És tu, meu marido?

MANGUIMBO
[PARA JJ MOURARIA] Mas, como é, você não disse que ainda era só dicas de noivado?

JJ MOURARIA
[SUSSURRANDO] Mas essa voz não é da minha pretendente, padrinho, acho que é da vizinha...

MANGUIMBO
[SUSSURRANDO] Mas você ainda nem casou e já tá com posições assumidas na vizinhança?

JJ MOURARIA
Não, padrinho, essa informação é negativa.

MANGUIMBO
É quê? Porra, fala lá um português mais entendível.

FATU
[CHORAMINGANDO] Quem está aí? Ai... o meu marido...

JJ MOURARIA
Quis dizer que essa suposição acerca da vizinhança não corresponde aos factos verídicos. Essa é uma vizinha chorosa...

MANGUIMBO
Ahn... [COMO SE JÁ TIVESSE ENTENDIDO], então esse código de "marido" não é contigo?

JJ MOURARIA
Que eu saiba, não...

ENCONTRAM-SE TODOS NA ESCADA. DE REPENTE FATU PARA DE CHORAR.

FATU
Trouxeram o meu marido?

JJ MOURARIA
Mas... Nós acabámos de penetrar no edifício...

FATU
Ai meu marido... [CHORAMINGANDO], vocês não são os bombeiros?

JJ MOURARIA
Dona Fatu, não me reconhece?

FATU
Te conhecer d'aonde?

JJ MOURARIA
Sou eu, o Jota Jota. O que se passa, dona Fatu?

FATU
[CHORANDO MESMO, ABRAÇANDO-SE A ELE] O meu maridoooooooo... o meu marido faleceu-me ontem à noite...

JJ MOURARIA
[ATRAPALHADO] Tenha uma certa calma, dona Fatu... a vida tem desses repentismos familiares.

FATU
Eu pensei que vocês eram os da ambulância...

MANGUIMBO
[BAIXO, PARA JJ MOURARIA] Mas essa dama tá chalada ó quê?... Primeiro era já bombeiros agora é mais ambulância...

FATU
O senhor é bombeiro...?

JJ MOURARIA
Não, este senhor é "padrinho"... mas que ambulância é essa, dona Fatu?

FATU
A ambulância que levou o meu marido...

JJ MOURARIA
Como assim, dona Fatu?... Acalme-se um pouco, não fique assim, estamos a fazer muita barulhagem na escadaria, o senhor Mário Rombo pode ficar zangado...

FATU
[CHORANDO] Mas ele já tá zangado hoje o dia todo... já estiveram a berrar muito na casa dele... ai, o meu marido...

MANGUIMBO
[IRRITADO] Mas como é então essa kota?

JJ MOURARIA
[NERVOSO] Chiuuuu... mais uma razão, dona Fatu, decida-se lá então no percurso do seu trajeto... vai descer sozinha, ou vai subir conosco?

FATU
Mas vocês não são da ambulância...

MANGUIMBO
Mas qual ambulância então é essa? Essa dama tá chanfrú[11]...!

FATU
A ambulância que levou o meu marido hoje de manhã... para fazer exames médicos...

JJ MOURARIA
Examinações patológicas, é isso, dona Fatu?

FATU
[REPENTINA, SEM CHORAR] Como?

MANGUIMBO
Mas qual patológica é esse mais? Exames médicos, a kota falou exames médicos...

FATU
Sim... levaram pros exames... Disseram que depois vão lhe trazer outra vez antes da hora do almoço... [E CHORA] e eu pensei que este senhor [PARA MANGUIMBO] era da ambulância...

MANGUIMBO
[SUSSURRANDO] Essa tia tá a "estagiar"[12] com força.

FATU
[CHORAMINGA] O meu marido...

JJ MOURARIA
[ATRAPALHADO] Chiuuuuuu... dona Fatu, este senhor está aqui numa missão de padrinhagem forçada... Mais calma.

FATU
[PAUSA REPENTINA NO SEU CHORO] Missão de quê? Mas que português é esse que tu falas?

MANGUIMBO
Eu também já perguntei...

JJ MOURARIA
Ó amigos, por favor, retiremo-nos do espaço público predial... [COMEÇAM A SUBIR], dona Fatu, por favor, a ambulância ainda não regressou, vamos progredir para o seu enlutado apartamento.

FATU
[CHORAMINGANDO] O meu marido... O meu marido...

JJ MOURARIA
Dona Fatu... Uma vez que o senhor Mário Rombo já anda assim com os nervos desfrangalhados, sabe-se lá porquê..., reduza o volume da sua choradeira enviuvada.

11. Chanfrú: *doido, maluco.*
12. Estagiar: *enlouquecer.*

MANGUIMBO
[COMENTA BAIXINHO PARA SI MESMO] Todos aqui tão a dar bandeira...

OS TRÊS SOBEM. LÁ EM BAIXO, ABRE-SE A PORTA DO PRÉDIO. OS TRÊS FICAM EM EXPECTATIVA. HÁ SILÊNCIO. DEPOIS SIM, O RUÍDO DOS PASSOS.

FATU
O meu marido... [PAUSA. PÁRA DE REPENTE DE CHORAR.] Quem está aí? É o senhor bombeiro da ambulância?

OUVEM-SE PASSOS FORTES DE QUEM SOBE AS ESCADAS DEPRESSA, RUIDOSAMENTE. TRATA-SE DE QUIM, TIO DE MINA

JJ MOURARIA
[HESITANTE] Quem vem lá...?

PASSOS MAIS RÁPIDOS.

QUIM
[APARECENDO NO PISO ONDE OS OUTROS TRÊS SE ENCONTRAM...] E quem pergunta "quem vem lá"?

FATU
[RECONHECENDO QUIM] Ai, senhor Quim..., o meu marido...

QUIM
[CALMO] Tenha calma, dona Fatu, há coisas bem piores a sucederem neste mundo... A senhora nem sabe o problema familiar que presentemente atravessamos.

FATU
O meu marido era um bom homem.

QUIM
[A QUERER DESPACHAR] A minha sobrinha também era uma linda menina... [PAUSA] vá lá, dona Fatu, vá para casa descansar um bocado, que nós temos aqui umas coisas para resolver... Estes senhores são da ambulância? São bombeiros?

JJ MOURARIA
De certo modo, meu caro senhor, até que hojemente seria melhor ser bombeiro...

QUIM
[COM DESDÉM] Como disse?

MANGUIMBO
Não somos bombeiros, somos apenas visitantes do prédio.

QUIM
Mas o senhor é angolano, não?

JJ MOURARIA
É sim... É o meu padrinho, o senhor Guimbo.

MANGUIMBO
Atenção, rapaz!, o nome é Manguimbo!

JJ MOURARIA
Sim, confirmo e ratifico: Manguimbo, o Padrinho.

QUIM
[DESPACHANDO-SE] Bem, meu senhores, padrinhos, afilhados ou bombeiros... Há coisas importantes para resolver. [DECIDIDO] Um bom dia para todos, salvo seja, e com respeito, dona Fatu, os meus pesares...

FATU
[CHORAMINGANDO, ABRINDO A PORTA DE CASA] Obrigada... O meu marido...

QUIM VIRA-SE PARA TOCAR NA PORTA EM FRENTE. **FATU** VÊ UMA PISTOLA PRESA NA SUA CINTURA, NA PARTE DE TRÁS. ASSUSTA-SE.

FATU
Ai, senhor Quim... Estas horas da manhã e anda com uma pistola... O meu marido...

QUIM
Nunca se sabe, dona Fatu, nunca se sabe, anda por aí muita malandragem, muito gabiru.

JJ MOURARIA
[APRESSADO] Bom, vamos entrar, dona Fatu, o senhor "Quem" tem mais que fazer...

QUIM OLHA SÉRIO PARA **JJ MOURARIA**.

QUIM
Não entendi...

JJ MOURARIA
[HESITANTE] Já não há entendimento plausível, senhor "Quem"...

QUIM FAZ UMA PAUSA MUITO DESAGRADÁVEL. **JJ MOURARIA** TOSSE.

QUIM
Ó jovem, você deve ter entendido mal... O nome não é "Quem".

JJ MOURARIA
Queira desculpar, senhor "Quem", ah, perdão, senhor..., senhor...
[ACABA POR DESISTIR DE DIZER ALGUM NOME], eu havia entendido que o seu nome era "Quem"...

QUIM
Ó jovem... Não entenda as coisas antes de as entender... Sou Quim!

JJ MOURARIA
Como?

QUIM
[ELEVANDO A VOZ] Quim!, o nome é Quim.

FATU
Ai, quem... quem me dera o meu marido...

QUIM
[PARA TODOS] Quim!, Quim, de Joaquim.

FATU
[TENTANDO TERMINAR] Nós vamos então entrar... Até já, senhor Quim!...

QUIM TOCA A CAMPAÍNHA.
OUVE-SE A VOZ DE **MINA** DENTRO DA CASA DE **MÁRIO ROMBO**.

MINA
Quem é.....?

QUIM
Quim.

MINA
Quem?

QUIM
Quim, porra!

FATU ENTRA NO SEU APARTAMENTO COM **JJ MOURARIA** E **MANGUIMBO**.
FECHA A PORTA. ABRE-SE A PORTA DO APARTAMENTO DE **MÁRIO ROMBO**.
QUIM ENTRA.

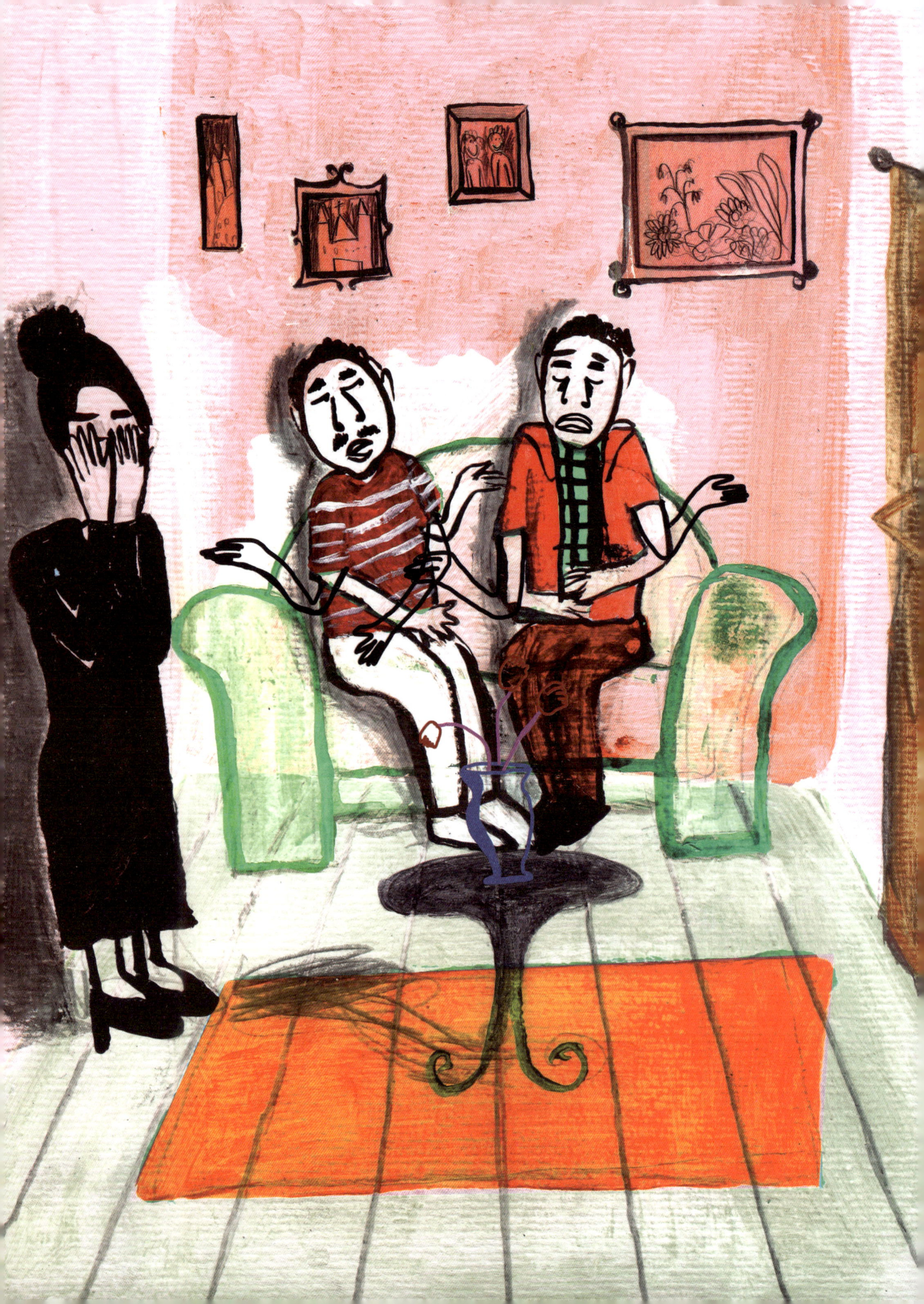

APARTAMENTO DE FATU.

FATU
Sentem-se, então.

JJ MOURARIA
Muito obrigado.

FATU
Estou muito nervosa sem notícias do meu marido.

MANGUIMBO
Mas, desculpe, onde está o seu marido?

FATU
[RESPONDENDO COMO SE DESSE UMA RESPOSTA CURTA E EVIDENTE] Morreu!

MANGUIMBO
Isso já sei... Mas onde está agora, depois de morto?

FATU
Não sei bem, foram fazer os últimos exames...
e trazem de novo o corpo agora antes do almoço... ai, o meu marido...

MANGUIMBO
[IRRITADO] Mas para ainda de chorar, chiça!

JJ MOURARIA
Shiuuuu, tenha calma, dona Fatu, e por falar em refeição... não há nada para distrair a boca?

MANGUIMBO
Até podia ser um pouco de peixe-frito de ontem,
com cebola já se fazia um escabeche improvisado.

FATU
Cebola é que não tenho..., mas vou ver se há outra coisa...

MANGUIMBO
E peixe-frito?

FATU
Também não... [CHORAMINGANDO] Ai, o meu marido gostava tanto de peixe-frito...

JJ MOURARIA
Shiuuuu...!

MANGUIMBO
[PARA SI MESMO] Essa viúva tá a malaicar[13], sem comida..., parece que tá a ofender o morto...

FATU VAI PARA A COZINHA.

---

13. De Malaico: *ridículo, absurdo*.

JJ MOURARIA
Padrinho, desconfio pouco ter entendido acerca do personagem agora encontrado na escadaria pública... Afinal qual era a designação da pessoa dele?

MANGUIMBO
[COM POUCA PACIÊNCIA] Era Quim.

JJ MOURARIA
Não era "Quem"?

MANGUIMBO
"Quem" quê, porra? O nome dele é Quim.

JJ MOURARIA
Pronto, padrinho, não se fala mais nisso, mas evite proferir esses palavreados em pleno território funeralístico... [PAUSA] Estou deverasmente preocupado, padrinho...

MANGUIMBO
E eu estou deverasmente fobado[14], "afilhado".

JJ MOURARIA
O padrinho vislumbrou o armamento epistolar no cinturão do tal Quim?

MANGUIMBO
Ouve lá, ó seu... [PAUSA] Ou falas um português falado
ou vais sozinho enfrentar a noiva e o pai Rambo.

JJ MOURARIA
Eu vi uma pistola, padrinho...

MANGUIMBO
E pistola é leão? Nunca viste uma pistola?

JJ MOURARIA
Mas em circunstância de irritação já de si enervante, padrinho..., é uma visão assustadiça.

MANGUIMBO
Aprende, "afilhado": o problema não é a pistola... A maka é saber se o dono da pistola tem mesmo hábito de disparar ou não... [PAUSA] A diferença entre o javali e o porco, apesar de primos, é que o porco anda a brincar no curral e tem comida. Já o javali, na mata, tem de caçar se quer comer...

JJ MOURARIA
Mas essa metáfora... Assim fora de horas... Deve ser da fome, padrinho.

MANGUIMBO
A tua compreensão é que tá fora de horas...
Mas que terra esquisita onde um gajo nem pode comer um bocado de peixe-frito!

---

14. Fobado: *faminto, esfomeado.*

COZINHA DA FATU.
FATU LIGA O RÁDIO. RDP-ÁFRICA. COZINHA ALGO, CHORAMINGANDO.

LOCUTOR
...é grande a expectativa e está tudo a postos, na Alemanha, em Portugal e em Angola, a comunidade de língua portuguesa tem a atenção virada para o jogo desta noite em que a selecção das quinas defronta os "palancas negras" neste que é o primeiro jogo que a selecção angolana faz num campeonato mundial... [MÚSICA] em ambos os países as ruas estão cheias de telas gigantes e anunciam-se grandes festas após o fim do jogo, a RDP-ÁFRICA tem em linha um ouvinte que nos vai falar um pouco sobre este derby da lusofonia... Alô? Está-me a ouvir?

ENTREVISTADO 1
[BARULHO DE GRITARIAS] Sim, tou na escuta, meu general, lança aí kota Galeano.

LOCUTOR
[SORRINDO] Não, não é o Galeano que está a falar, é o Trinca-Espinhas... Oiça, amigo, como é que está a ver o jogo de hoje?

ENTREVISTADO 1
[COM SOTAQUE ANGOLANO, NO MEIO DE GRITARIA] Não... [SÉRIO] ainda não tou a ver, o jogo é só mais logo, mas epa, tamos já a lucrar, eu aqui tou preparado pro que der e vier, não há "pruque" é só perder ou só ganhar, na minha casa quem vai ganhar é a Superbock num sabor disfarçado de Nocal[15]...

LOCUTOR
Mas você vai torcer por quem?

ENTREVISTADO 1
Vou torcer por quem? E há dúvidas? Tou do lado de Angola, evidentemente, mas tou no lucro, já me abasteci para qualquer resultado, se Angola ganhar vou beber, mas é pra festejar, se Angola perder, vou beber, mas é para se alegrar...

LOCUTOR
Obrigado, ouvinte... Junto do Parque das Nações, uma enorme multidão já ocupou os seus lugares, e há lugar para a festa com direito a sardinhas e muito vinho tinto... A minha colega Fernanda Almeida está no terreno e dá-nos conta da situação...

HÁ MUITO RUÍDO, E PARECE QUE FERNANDA AINDA NÃO ESTÁ NO AR.
MAS ESTÁ. O LOCUTOR INSISTE.

LOCUTOR
Fernanda Almeida, estás conosco?

RUÍDOS. MAS DÁ PARA ENTENDER O QUE ELA VAI DIZER.

---

15. Superbock e Nocal: *marcas de cerveja, respectivamente, de Portugal e Angola.*

FERNANDA ALMEIDA
Alô, estúdio?... Alô? Não oiço nada, acho que tamos sem sinal... Epá, que coisa... Tu viste-me aquele estúpido completamente bêbado que me entornou um garrafão de vinho...? [RUÍDO]

LOCUTOR
[RINDO] Fernanda Almeida, estamos com sinal, sim, estamos em linha direta com todos os países de Língua Portuguesa, tens outros comentários além do vinho tinto já derramado?

FERNANDA ALMEIDA
[SORRINDO, EMBARAÇADA] Bom... Deixa-me desejar as boas tardes a todos os ouvintes, uma boa tarde para ti, Trinca-Espinhas, aqui na "Expo" é de fato uma espécie de loucura total, há gente de todas as cores, camisetas de todas as cores, e bandeiras de todas as cores, qualquer que seja o resultado deste jogo haverá aqui gente para celebrar... [PAUSA] O senhor, diga-me, por favor, como é que vai ser o jogo de hoje?

ENTREVISTADO 2
[COM SOTAQUE PORTUGUÊS] Tá visto, isto tá visto, pá... Os angolanos são muito nossos amigos, pá, mas agora é hora da verdade, pá... Eles dizem que nós somos os "tugas", pá, mas agora é que as "pacaças negras" vão ver o que é enfrentar os campeões europeus...

FERNANDA ALMEIDA
Desculpe, a seleção angolana é a seleção das "palancas negras"...

ENTREVISTADO 2

É palanca, é pacaça, vai tudo ser varrido... Mas tão a brincar connosco ó quê? Eles "hádem" cá vir, "hádem"... Eles é Akuá, eles é Mantorras, mas Portugal é Figo, é Ronaldo, é Maniche, eles não se esqueçam que vão enfrentar os campeões da Europa!

LOCUTOR

[INTERROMPENDO] Fernanda, desculpa, pergunta aí a esse amigo quando é que Portugal foi campeão da Europa?

FERNANDA ALMEIDA

O meu colega está a perguntar do estúdio, quando é que Portugal foi campeão da Europa.

ENTREVISTADO 2

Atão, não foi? Em 2004...?

FERNANDA ALMEIDA

Mas em 2004... Portugal perdeu por um a zero, com a Grécia.

ENTREVISTADO 2

Ó filha, a gente perdemos nos golos, mas moralmente fomos campeões... [OUVE-SE MUITA GRITARIA]...

FERNANDA ALMEIDA

Bom, é como se vê, melhor dizendo, como se ouve, há muita alegria aqui, muita comida, muito vinho e muito calor também, está tudo preparado para que será certamente uma grande festa nesta noite do grande derby entre Angola e [...].

APARTAMENTO DE MÁRIO ROMBO.

MÁRIO ROMBO
[FALA BAIXO COM A ESPOSA. ESTÃO NA COZINHA] Ó Nadine, deixa-te de brincadeira e de reviravoltas... Interrogaste a miúda ou não?

NADINE
Ó Marito, filho, mas qual interrogar...

MÁRIO ROMBO
Quero saber a verdade, daqui a bocado o moço está a chegar e nem sei bem o que dizer.

NADINE
Mas nem devias ter nada que dizer, nem que falar, acho esta conversa toda uma palhaçada, sinceramente...

MÁRIO ROMBO
Mas, ó filha, tu estás a brincar ou andaste a beber só porque hoje é dia de futebol?

NADINE
Ó Mário, não sejas parvo, "andei a beber"!... Acho mesmo uma parvoíce esta coisa de quererem interrogar os miúdos.

MÁRIO ROMBO
Parvoíce? Mas tu vives em que planeta? Então tu não me disseste que a nossa filha namora não-se-sabe-com-quem..., um bom palerma que anda aí todo o dia a fazer não-se-sabe-o-quê...

NADINE
Disse-te que ela me contou que tem um namorado, e que esse namoro, já tem algum tempo..., mas acho normal. Não te lembras das nossas aventuras em Maputo, antigamente...

MÁRIO ROMBO
Antigamente é outra conversa; agora é hojemente.

NADINE
Ó filho, não sei... Acho que é tudo natural, mas tu pensas que a tua filha não namora ou quê?

MÁRIO ROMBO
Só penso que no nosso tempo era mais tarde.

NADINE
Mais tarde!, mais tarde... não te faças de sonso... Até parece!

ARRUMA PRATOS E COPOS.

NADINE
Mais tarde quando a minha mãe soube já a minha irmã estava grávida...

MÁRIO ROMBO
[COM DIFICULDADES RESPIRATÓRIAS] E o quê que queres dizer com isso...?

NADINE
Nada, filho, só quero que te acalmes... Se a miúda achou por bem trazer cá o namorado para te apresentar, tens mais é que colaborar.

MÁRIO ROMBO
Mas esta coisa de apresentar significa o quê?

NADINE
Significa que as coisas devem estar a ficar sérias.

MÁRIO ROMBO
[FAZ O SEU BARULHO DE GARGANTA, BARULHO FECHADO, PARA DENTRO, COMO SE FOSSE UM "HUMMM!" GRAVE E LIGEIRAMENTE PROLONGADO] Hummm!...

NADINE
É, filho, as coisas ficam sérias, as pessoas optam por tomar decisões, comunicar aos pais...

MÁRIO ROMBO
Hummm!... [PAUSA] Mas... As coisas "ficarem sérias" no nosso tempo era outra coisa.

NADINE
Pois, eu não sei quão sérias estão as coisas...

MÁRIO ROMBO
É por isso que eu insisti para que investigasses, afinal a tua investigação resulta que o gabiru vem cá e não sabemos de nada... Olha, eu não me responsabilizo pelas ações do meu irmão.

NADINE
Ouve lá, eu não quero aqui muita parvoeira dessa de novela com pistola de "Trinitá" e "Zeca Diabo"... Pensa é na tua filha e tenta ficar bem disposto.

MÁRIO ROMBO
Mas isto tinha que ser hoje, no dia do jogo da selecção?

NADINE
Ó filho, isso é igual.

MÁRIO ROMBO
Mas tu andaste a beber ou quê?... É igual como!? Não podia ser terça-feira da páscoa ou sei lá quê dos santos padrinheiros...

NADINE
[CORRIGINDO] Padroeiros.

MÁRIO ROMBO
Agora, dia mesmo de futebol, ainda por cima este jogo... Caramba!...

NADINE
[SÉRIA] Ó filho, sai-me só do caminho, que eu estou a tentar preparar aqui uns aperitivos para logo... E uma comida para levar à Fatu.

MÁRIO ROMBO
Como é que ela está?

NADINE
Não sei, mal tive tempo de falar com ela, é tudo ao mesmo tempo.

QUIM ENTRA NA COZINHA.

QUIM
Dá licença, minha cunhada.

NADINE
Entra, cunhado.

QUIM
[UM POUCO IRÓNICO] Falam da viúva negra?

NADINE
[SÉRIA] Mais respeito, senhor Quim, mais respeito..., assunto de morto não é brincadeira.

QUIM
Tem razão, cunhada. Desculpa.

NADINE CIRCULA PELA COZINHA MUDANDO AS COISAS DE LUGAR.

QUIM
Ó cunhada... Não tens aí nada para enganar o vazio do estômago?

NADINE
Tem só calma, e vão os dois para a sala, já vos levo qualquer coisa, deixa-me só organizar aqui o esquema.

MÁRIO ROMBO ABRE A GELEIRA, PEGA EM DUAS CERVEJAS. ABRE AS CERVEJAS.

MÁRIO ROMBO
Meu irmão, vamos bater aqui uma retirada estratégica e repensar o esquema aí do "gabiru".

QUIM
Vamos então, mas dá-me já a cerveja que o líquido ajuda a lubrificar o pensamento.

DIRIGEM-SE À PORTA. **NADINE** VÊ A ARMA NO CINTO DE **QUIM**.

NADINE
[MUITO ASSUSTADA] Ai, meu deus... Ó Quim!...

QUIM
O que foi, cunhada?

NADINE
Eu num te disse mil vezes que não quero armas aqui em casa?

MÁRIO ROMBO
[CALMO] Isso não é uma arma, Nadine, é uma pistola. Arma é "RPG-7", "AK47" e por aí em diante.

NADINE
Ó Mário, não sejas parvo que eu não estou a brincar.

QUIM
Ó cunhada, mas o Mário disse-me ainda ontem à noite...

MÁRIO ROMBO
[INTERROMPENDO E FALANDO SÉRIO] Fui eu que lhe disse ontem para ele hoje trazer a kilunza... [PAUSA] mas ó Nadine, tu tás a brincar ou quê?

NADINE
[MUITO NERVOSA] Não gosto de armas, já sabes que não gosto de armas.

QUIM
Mas, cunhada, isto é só uma pistolazita, é uma makarov dos bons velhos tempos.

MÁRIO ROMBO
Nadine... tu não me disseste que o gabiru é daquelas zonas ali entre Alfamas e Mourarias?

NADINE
Foi o que eu entendi, sim... Ó Quim, tira-me essa pistola daqui, faz favor.

QUIM SAI DA COZINHA.

MÁRIO ROMBO
Ó filha, eu não sei quem vem aí... talvez nem a tua filha saiba, mas tu pensas que Mouraria é brincadeira? Mouraria é o Sambizanga cá de Portugal...

NADINE
Eu não conheço o Sambizanga, filho. Nunca estive em Luanda...

MÁRIO ROMBO
Mesmo muita gente de Luanda também nunca esteve no Sambizanga... A Mouraria é um bairro sério, cheio de gente séria quando quer enganar.

NADINE
Também não é tanto assim...

MÁRIO ROMBO
Não é assim...? Tu queres receber em tua casa um palermóide da Mouraria sem estarmos devidamente prevenidos? O meu irmão fez muito bem em trazer a kilunza, a coisa assim tá mais controlada.

NADINE
[MAIS CALMA] Ó filho, mas fico nervosa com as armas...

MÁRIO ROMBO
Aquilo não é arma, Nadine, é uma makarov. Arma é assim M16, PKM...

NADINE
Vai lá fazer companhia ao teu irmão.

MÁRIO ROMBO
Mas não arranjas mesmo aí um petisco?

NADINE
O quê que te apetecia?

MÁRIO ROMBO
De verdade mesmo, um mimo assim no dia que a minha seleção vai jogar?

NADINE
Não vale a pena que não há kizaka[16].

MÁRIO ROMBO
Nem tava a pensar em tanto... Arranja só mesmo um bom prato de peixe-frito que a malta ataca uma sandes de peixe-frito com jindungo e limão.

NADINE
[COM PENA DO MARIDO] Ai, filho, peixe-frito é que não há.

MÁRIO ROMBO DIRIGE-SE À SALA.

MÁRIO ROMBO
Ó filha, então traz qualquer coisa, nem que seja lata de atum contra batata frita, temos é que enganar a fome.

QUIM
Comé, ponho a pistola onde?

MÁRIO ROMBO
Fica mesmo aí contigo, mas esconde só debaixo da camisa para a Nadine não ficar nervosa antes do tempo.

QUIM
Sai um peixe-frito com limão?

MÁRIO ROMBO
Nada, tá fraco... Parece que cada vez é mais complicado encontrar as coisas mais simples... Na nossa casa não haver peixe-frito de anteontem era já sinal de mau azar.

QUIM
O pai saía para ir buscar em qualquer lugar, nem que fosse carapau magrinho...

MÁRIO ROMBO
Mas eu não vou sair agora, Quim...!

QUIM
Sim, eu sei, só tava a lembrar o pai nas dicas dele de peixe-frito...!

---

16. Kizaka: *prato angolano feito de folhas de mandioca pisadas.*

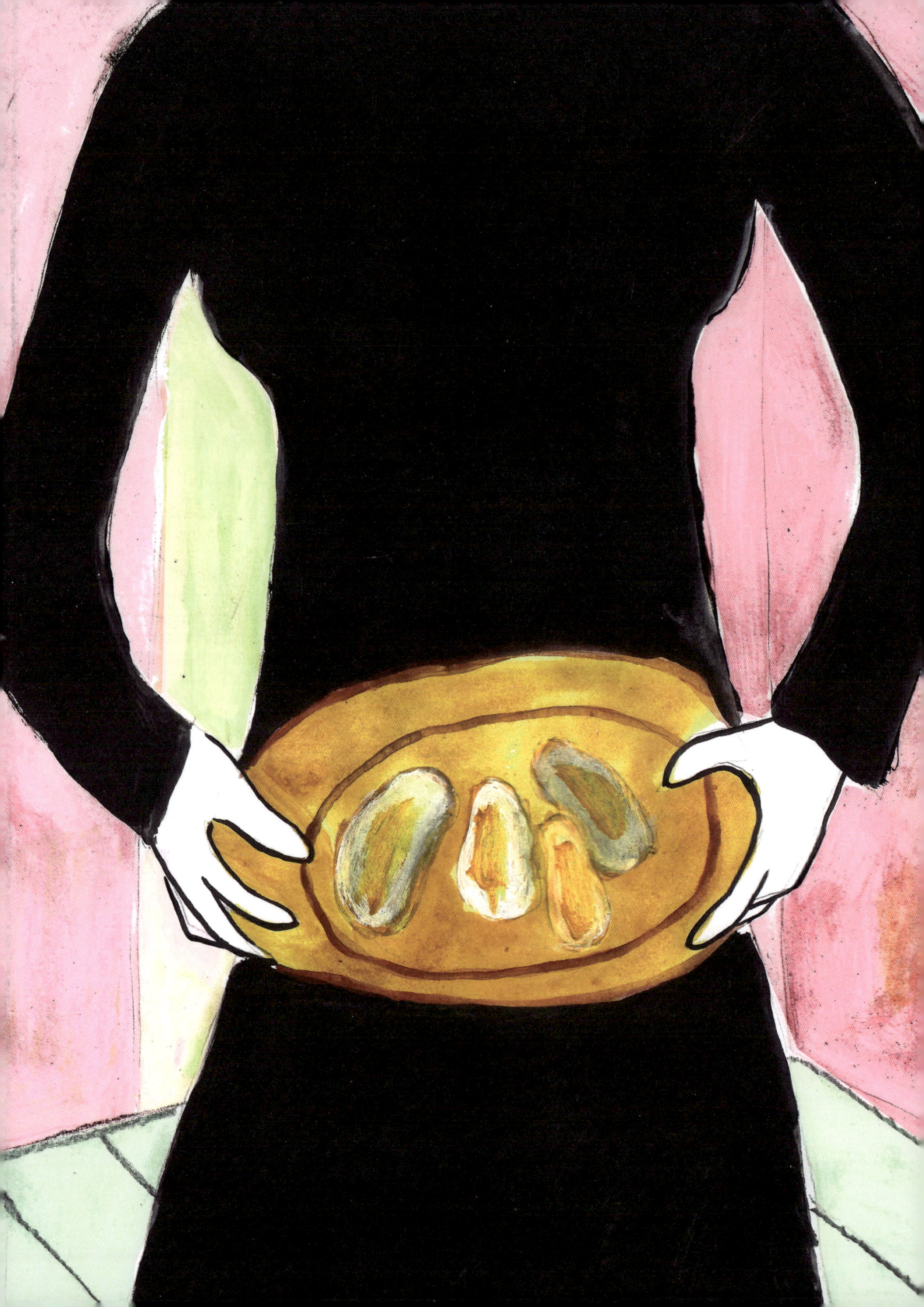

APARTAMENTO DE FATU. NA SALA JJ MOURARIA FALA COM MANGUIMBO.

JJ MOURARIA
Padrinho, estou a ver se penso numa estratégia...

MANGUIMBO
Aqui não há mais estratégia nenhuma, é só irmos lá com calma e falar bem... Afinal quais são as tuas intenções?

JJ MOURARIA
Não estou munido de qualquer intenção.

MANGUIMBO
Mas você aprendeu a falar assim aonde? Nessa tal de Mouraria...? Deixa-te de brincadeiras que a coisa tá a ficar a séria. Tu quando entrares ali naquele apartamento, vais ser bem espremido. É melhor ires preparado!

FATU ENTRA COM PIRES NA MÃO. OUVE-SE O BARULHO DELA A POUSAR AS COISAS.

FATU
Ai, o meu marido..., pronto, aqui tem um pouco de pão com manteiga para enganar a fome...

MANGUIMBO
[SUSSURRANDO] Pópilas!, nem já no tempo do socialismo..., não! Eu mesmo em Portugal é que vou mais comer sandes de pão com cheiro de manteiga...?!

FATU
Como?

JJ MOURARIA
O padrinho..., devido a problemas estomacais de natureza "gástro", não pode ingerir derivados de manteiga...

FATU
[JÁ SENTADA] Mas não sei... Agora faço como, para saber do meu marido...? Deve estar a chegar, não?

MANGUIMBO
[CONCORDANDO E LEVANTANDO-SE] Sim, não se preocupe, os bombeiros levam os corpos e depois trazem sempre... "Menino afilhado", vamos lá conhecer a noiva.

JJ MOURARIA
Mas agora?

MANGUIMBO
Agora e já. Vamos lá, deixemos aqui a dona Fatu descansar um pouco. Dê licença, minha senhora.

JJ MOURARIA
Mas, padrinho...

MANGUIMBO
Vamos avançar, vamos lá... [DEPOIS, PARA FATU] Dona Fatu?

FATU
Diga, senhor "Guimbo"...

MANGUIMBO
[MUITO BAIXINHO] "Guimbo" é os tomates da prima...!

FATU
Diga?

MANGUIMBO
A senhora desculpe, mas parece mal... Daqui a bocado vão chegar parentes e amigos e a senhora não tem nada para servir, nem dos sólidos nem dos líquidos. Não faça isso, pode parecer falta de respeito pelo defunto...

JJ MOURARIA
[PEGANDO-O PELO BRAÇO] Vamos, padrinho!

FATU
Ai, não me diga uma coisa dessas, o meu marido...

JJ MOURARIA
Não se preocupe, dona Fatu, nós também vamos já providenciar uma remessa gastronómica, deixe-me dialogar com a vizinhança.

FATU
[CHORAMINGANDO] Ai, o meu marido...

JJ MOURARIA E MAGUIMBO SAEM DO APARTAMENTO. DIRIGEM-SE À OUTRA PORTA. TOCAM À CAMPAINHA.

JJ MOURARIA
[BAIXINHO] Padrinho, não seria melhor voltarmos outra hora, ainda é cedo...

MANGUIMBO
Nunca é cedo nem tarde para se enfrentar os problemas. E também tou cheio de sede.

MINA ABRE A PORTA.

MINA
Amor... Tudo bem?

OUVEM-SE VOZES LÁ ATRÁS.

MÁRIO ROMBO
Ó Mina, quem é?

MINA
[BAIXINHO] Tudo bem? Ainda bem que vieste, tão todos à tua espera, a minha mãe tá contente de te conhecer.

JJ MOURARIA
Já o teu pai…

QUIM
Ó Mina, tu não ouviste o teu pai? Quem tá aí?

MINA
Vamos entrar então…

JJ MOURARIA
Mina, este é o kota "Guimbo"…

MANGUIMBO
[CORRIGINDO] Manguimbo!

MINA
Muito prazer, entrem, por favor.

PORTA FECHA-SE. PASSOS. **MÁRIO ROMBO** E **TIO QUIM** APROXIMAM-SE.

MINA
Pai, este é o…

MÁRIO ROMBO
[INTERROMPENDO] Eu já estou a ver quem é. Boa tarde!

JJ MOURARIA
Meus senhores, muito boa tarde, respectivamente.

MINA
E este é o senhor…

JJ MOURARIA
Manguimbo, um amigo colateral da família.

QUIM
[PARA MINA] A menina mantenha-se deste lado da trincheira, por favor.

NADINE APROXIMA-SE.

NADINE
Boa tarde, meus senhores.

JJ MOURARIA
Muito boa tarde, por obséquio.

MANGUIMBO
[BAIXINHO, PARA JJ MOURARIA] Para lá com essas dicas de Sucupira!

QUIM
Bom, vamos lá entrar que a porta não é parque de estacionamento!

DIRIGEM-SE À SALA.

NADINE
[PARA MINA] Filha, afasta essas almofadas para os senhores se sentarem.

MINA
Sim, mãe.

MÁRIO ROMBO
Sentem-se.

MINA
[PARA JJ MOURARIA] Amor, senta-te aqui nesta cadeira que é mais confortável...

QUIM
Mas o nome dele é "Amor"?

JJ MOURARIA
Não, senhor "Quem", o nome é Jota.

QUIM
"Quem", não. Quim!

JJ MOURARIA
Sim, Quim.

QUIM
Quim, não. Senhor Quim!

JJ MOURARIA
Sim, senhor Quim. [PARA QUIM] Sente-se.

MINA
[PARA JJ MOURARIA] Senta-te. [JJ MOURARIA HESITA.]

MÁRIO ROMBO
[PARA MANGUIMBO] Sente-se.

MANGUIMBO
[PARA MINA] Sente-se!

QUIM
[AUTORITÁRO, PARA JJ MOURARIA] Senta-te.

NADINE ENTRA. TRAZ GARRAFAS NUMA BANDEJA.

NADINE
[SORRINDO] Sentem-se.

TODOS ACABAM POR SE SENTAR.

MINA
Mãe, este é o Jota.

JJ MOURARIA LEVANTA-SE. CUMPRIMENTA NADINE COM UM CERIMONIOSO BEIJINHO NA MÃO. NADINE SORRI.

QUIM
Mas "Jota" é nome próprio ou é letra de alfabeto?

JJ MOURARIA
O nome seria João, mas os amigos abreviaram-me para simplesmente Jota.

NADINE
Olá, Jota, como está?

JJ MOURARIA
Em condições possíveis, e a senhora, como está a discorrer pelo seu dia?

NADINE
[SORRINDO] Tá tudo normal, graças a Deus.

MÁRIO ROMBO
Bom...

QUIM
Falando de coisas sérias...

MANGUIMBO
[PARA MÁRIO ROMBO] Desculpe, pode passar-me essa garrafa de cerveja?

MÁRIO ROMBO
Faça o favor.

A CAMPAINHA TOCA. É O INTERCOMUNICADOR.

NADINE
Deixem-se estar, eu atendo.

MANGUIMBO
[PROVANDO A CERVEJA] Muito bem gelada, sim senhor... Tá mesmo a estalar.

MÁRIO ROMBO
[TOM DESCONFIADO] Você é de Luanda?

[ESTE DIÁLOGO É COMO QUE UM DESAFIO. DE VOZ E DE OLHAR.]

MANGUIMBO
[DEVAGAR] Sou sim...

MÁRIO ROMBO
Do Bairro Azul?

MANGUIMBO
[LENTAMENTE] Mais para baixo. Praia do Bispo.

PAUSA.

MÁRIO ROMBO
Perto do Mausoléu?

MANGUIMBO
Mais para cima... Perto do Posto do Pão.

PAUSA.

MÁRIO ROMBO
Junto ao Cine Kinanga?

MANGUIMBO
Mas mais para os lados da Igreja...

MÁRIO ROMBO
Tou a ver... Não me diga que você é do tempo do Padre Inácio?

MANGUIMBO
Nunca fui militante de catequeses, mas ouvi falar desse Padreco...

MÁRIO ROMBO
Parece que uma vez esse padre levou uma carga de porrada... [PAUSA]
Por se ter metido com a filha de alguém...

MANGUIMBO
Parece que sim...

MÁRIO ROMBO
[IRÓNICO] Há filhas, e há filhinhas...

JJ MOURARIA
[NERVOSO, TOSSE...] Senhor Quim, posso beber alguma coisa?

QUIM
[HESITANTE] Beba.

MANGUIMBO
Parece que esse Padre Inácio gostava de ver meninas a treinar basquetebol em calções de lycra... Calções justinhos...

MÁRIO ROMBO
Foi o que ouvi dizer... [PAUSA]; [PARA JJ MOURARIA] Você também é da Praia do Bispo?

JJ MOURARIA
Não, senhor "Rambo"...

QUIM
[SÉRIO] O nome é Rombo. Mário Rombo.

JJ MOURARIA
[NERVOSO] Desculpe, sofro de uma impertinente "displexia"...[PAUSA]
Mas, senhor Rombo, eu já nasci aqui em Lisboa.

QUIM
Em que bairro?

JJ MOURARIA
Na Mouraria.

MINA
[ALEGRE] Então, pai, é como eu... Já nasceu aqui, sempre viveu aqui..., não é, Amor?

MÁRIO ROMBO
[FAZ O BARULHO DELE] Hummm...!

QUIM
Mas o nome dele é "Amor"?

NADINE REGRESSA À SALA.

NADINE
Olha, era aquele amigo do vizinho, o cabo-verdiano...

MÁRIO ROMBO
Hummm!

QUIM
Titonho?

MANGUIMBO
[PARA JJ MOURARIA] Será o mesmo Titonho?

NADINE
Sim, é capaz de trazer notícias do falecido. [PAUSA] Mina, vem à cozinha ajudar-me, por favor.

MINA
Sim, mãe. [LEVANTA-SE, DÁ UM BEIJINHO NA BOCHECHA DE JJ MOURARIA] Venho já, Amor.

QUIM
Mas o que é isso, menina?

MINA RI. SAI DA SALA.

JJ MOURARIA
[ATRAPALHADO] Desculpe, senhor "Robo".

MÁRIO ROMBO
Hummm...

QUIM
[SÉRIO] Ó rapaz!..., o nome é Rombo. Mário Rombo.

MANGUIMBO
Senhor Rombo, desculpe, onde é a casa de banho?

QUIM
[SÉRIO, E SEMPRE OLHANDO PARA JJ MOURARIA] Segunda porta à direita do ponto de vista de quem segue em frente.

MANGUIMBO SAI DA SALA.

JJ MOURARIA
[ATRAPALHADO] Pois é, justamente.

QUIM
Pois é, rapaz... Chega uma hora em que um homem tem de se comportar como um homem.

JJ MOURARIA
Com certeza, senhor Quim... A vida tem o seu recurso próprio, inclusivamente.

QUIM
E as consequências também...

MÁRIO ROMBO
Hummm...!

JJ MOURARIA
[ATRAPALHADO] As consequências...?

QUIM
As atitudes, as consequências... Parece que temos de falar, meu jovem.

JJ MOURARIA
Venho disposto ao diálogo, ao contraponto... À prosa em geral, senhor Quim.

QUIM
Bom... [PAUSA] Vamos lá a ver se organizamos a conversa que não podemos estar aqui até muito tarde. Hoje, como sabe, há jogo da selecção angolana.

JJ MOURARIA
Estou totalmente inteirado do contexto futebolístico.

QUIM
Ainda bem. [PAUSA] Bom... este senhor que veio consigo... Quem é?

JJ MOURARIA
Como assim...? O senhor Guimbo?

MÁRIO ROMBO
Hummm!

QUIM
O nome dele é Manguimbo.

JJ MOURARIA
Tem razão... [PAUSA], bem... O Manguimbo é um amigo, veio acompanhar-me nesta sequência dialogante.

QUIM
[INQUISITÓRIO] Então você... veio cá hoje... para esclarecer as coisas...?

JJ MOURARIA
Bem, eu vim a pedido da Mina...

MÁRIO ROMBO
Hummm!

QUIM
Mas você veio a pedido da Mina, ou você veio porque achou que tinha que vir?

JJ MOURARIA
Bem... Eu penso que terá sido muito simultaneamente ambas as duas coisas.

QUIM
[ABRE A SUA GARRAFA DE CERVEJA] Acho bem... Porque hoje é dia de clarificarmos as coisas!

MÁRIO ROMBO
Hummm!...

QUIM
Nós queremos primeiro escutar o que você tem a dizer... E depois então falará o meu irmão, e eu também falarei, no fim...

JJ MOURARIA
E o kota Manguimbo não tem tempo de antena...?

QUIM
Tempo de antena?! Ó rapaz... [APONTA-LHE O DEDO, SÉRIO] Você nesta casa deve ter mais cuidado com o palavreado...

MÁRIO ROMBO
Hummm!...

NA COZINHA OUVE-SE UM GRITO DE ESPANTO DE NADINE.

MINA
Shiuuuuuu...!

NADINE
Ai, meu deus…

MÁRIO ROMBO
Hummm!…, o quê que foi?

MINA
[ATRAPALHADA] Não foi nada, pai, deixámos cair uma coisa aqui na cozinha.

JJ MOURARIA
[PARA MINA] É preciso ajuda?

QUIM
[SÉRIO] Não! Não é preciso ajuda nenhuma.

MANGUIMBO VOLTA DA CASA DE BANHO. SENTA-SE.

QUIM
Senhor Manguimbo, eu dizia aqui ao seu sobrinho…

MANGUIMBO
Ele não é meu sobrinho.

QUIM
Ao seu…

JJ MOURARIA
Enteado! É como se fosse enteado por afinação…, em São Tomé enteado vai dar quase igual a sobrinho…, ou mesmo afilhado por intermitência!

QUIM
Bom, eu dizia aqui ao seu enteado… Que estou à espera que ele nos diga como está a situação.

MANGUIMBO
[BEBENDO A CERVEJA, DESINTERESSADO] Sim, Jota, diz aqui aos senhores como é que está a situação!

JJ MOURARIA
A situação?

MÁRIO ROMBO
Hummm!…

QUIM
[MAIS SÉRIO, MAIS ALTO, MAIS FIRME] Vamos lá, rapaz, deixa-te de derrapagens… Afinal o quê que se passa?

JJ MOURARIA
Bem… meus senhores, os de certa afinidade familiar e os demais, de longa data e os recentes…

QUIM
[ESCUTANDO, INTERESSADO] Sim?

JJ MOURARIA
É próprio do comportamento juvenil… e dos outros em geral… que em dada altura do processo aproximativo mais ou menos factual… [TOSSE] Entre afinidades e o decurso do tempo amoroso…

MANGUIMBO
[BAIXINHO] Cum caraças…!

QUIM
[PARA ROMBO] Ó mano, isto faz lembrar o Odorico…

MÁRIO ROMBO
[MUITO SÉRIO] Hummm!....

JJ MOURARIA
Quero talvez com isto dizer, se me permitem… Que é sabido por vós que existe uma relação de afetividade e carinho mútuo, entre a Mina e a minha pessoa… sendo que esta aproximidade de ternura pode compreender algumas consequências do ponto de vista corporal…

MANGUIMBO
É o quê?

QUIM
[NERVOSO] "Corporal"? Ó rapaz, fala lá com palavras de serem entendidas…

JJ MOURARIA
Meu senhores, muitas vezes é no domínio do simbólico que o factual tem lugar…

QUIM
Bom, mas abreviando, então: você hoje veio aqui, concretamente, falar de quê?

JJ MOURARIA
Bom… hoje vim aqui a pedido da Mina, para abordar esta complicada temática do presente e futuro envolvimento afetivo…

QUIM
[MUITO SÉRIO] Ó rapaz!… deixe-se de brincadeiras, mas você quer nos faltar ao respeito ou quê?!

MÁRIO ROMBO
Hummm!…, hummm!…

MANGUIMBO
Calma, camaradas...

JJ MOURARIA
Não sei se com os humores alterados poderemos chegar ao ultimato da nossa discursividade...

QUIM
Ouve lá, ó... Jota... eu não vim do outro lado do rio para estar a ouvir discursos de Sucupira... Tás a ouvir?

NADINE ENTRA NA SALA COM MINA.

NADINE
Ó Quim, tem calma...

MÁRIO ROMBO
[PARA NADINE] Ó filha, tem calma...

MINA
Pai, tem calma...

MANGUIMBO
[PARA JJ MOURARIA] Tem calma!

MÁRIO ROMBO
Hummm!...

JJ MOURARIA
Mas, contudo, cada um se expressa como pode...

QUIM
Bom... vamos lá a ver... Estamos todos aqui reunidos, somos todos adultos, felizmente...

MANGUIMBO
Felizmente.

JJ MOURARIA
Felizmente.

QUIM
E isto é muito simples, ó "Jota".

JJ MOURARIA
Diga, senhor Quim.

QUIM
[DEVAGAR] Você, segundo sei, está envolvido com a minha sobrinha... É correto?

JJ MOURARIA
Sim, senhor Quim.

QUIM
Bom... [PAUSA] primeiro... essa situação já devia ter sido comunicada, ou não é assim, senhor Manguimbo?

JJ MOURARIA
De fato.

QUIM
Tou a falar com o seu tio.

MANGUIMBO
Já devia sim.

QUIM
Portanto, aí já temos uma falta, e você hoje tá aqui para se recuperar dela... Não é assim?

MÁRIO ROMBO
Hummm!...

JJ MOURARIA
É sim, senhor Quim.

QUIM
Então você hoje veio aqui falar com a família, como é nosso costume e fez muito bem... [PAUSA] Falar para termos todos conhecimento uns dos outros... Ou não é assim, senhor Manguimbo?

MANGUIMBO
É assim mesmo.

MINA
Mas, amor, não vieste só falar disso...!

NADINE
Mina, não interrompas o teu tio...

JJ MOURARIA
Mas posso abordar um assunto de cada vez.

QUIM
Mas é que pelo andar da coisa você não está a abordar assunto nenhum!

JJ MOURARIA
Mas é que por vias de algum receio linguístico...

QUIM
Calma aí rapaz, eu ainda não terminei!

MANGUIMBO
[PARA JJ MOURARIA] Deixa o senhor falar...

JJ MOURARIA
Desculpe!

QUIM
Aproveita a boleia que eu tou ta mostrar o caminho... [PAUSA] Vieste aqui falar com a família, sobre o fato do namoro que nós já tivemos conhecimento dele.

MÁRIO ROMBO
Hummm!...

QUIM
E portanto agora, vens aqui falar das condições... porque não é só namorar sem vir falar com a família dos acontecimentos... ou não é assim, senhor Manguimbo?

MANGUIMBO
Tem toda razão, senhor Quim... posso beber mais uma cerveja?

MÁRIO ROMBO
Hummm!...

NADINE
[PARA MANGUIMBO] Faça o favor...

QUIM
Bom, e agora sim, pergunto então: se nós sabemos do vosso namoro que você até já devia ter vindo falar com a família...

JJ MOURARIA
Tem razão...

QUIM
Hoje você veio aqui... E trouxe o seu familiar...

MANGUIMBO
Espécie de familiar...

QUIM
Então agora... sem falar esse português da Mouraria... Você vai dizer muito rapidamente e sem paleios... [ELEVA A VOZ] O que você veio aqui dizer... Tá a entender...?

JJ MOURARIA
Sim, senhor Quim.

NADINE
[NERVOSA] Ó Mário, filho, não sei se é melhor falarmos antes…

QUIM
Não, ó cunhada, desculpa lá, eu já percebi o que se passa aqui… Aqui o jovem Jota agora vai dizer tudo num português muito simples…, na presença do tio dele.

MANGUIMBO
Mas não sou tio…

QUIM
[PARA MANGUIMBO, AUTORITÁRIO] Mas é como se fosse, porra!

FAZ-SE UM LONGO SILÊNCIO.

MINA
[SUSSURRANDO] Ó pai, a mãe tem razão, se calhar…

QUIM
[AUTORITÁRIO] Bom!, já falei. O jovem agora vai dizer ao pai da sua namorada, o que ele veio aqui dizer a todos nós… e nós vamos ouvir com calma… [COMEÇA A MEXER NA CALÇA, NO CINTO DA CALÇA] com muita calma… [TIRA A PISTOLA DO CINTO] e depois vamos todos tomar uma decisão como adultos que somos… [POUSA RUIDOSAMENTE A PISTOLA SOBRE A MESA], ou não é assim, senhor Manguimbo?

MANGUIMBO
[DÁ UM GOLE RUIDOSO NA CERVEJA; FALA DEVAGAR, NÃO QUER MOSTRAR RECEIO] Parece-me bem, senhor Quim, parece-me bem…

MÁRIO ROMBO
Hummm!…

JJ MOURARIA
[TOSSE] Bem…

MINA
Vamos, amor, não fiques acanhado, faz como combinamos.

JJ MOURARIA
Mas como combinamos quando…?

QUIM
[MUITO SÉRIO E RÁPIDO] Ó rapaz, vamos lá despachar isto que não temos a tarde toda. Diga lá o que tem a dizer!

MANGUIMBO
Diz…

MINA
Diz...

NADINE
[PARA JJ MOURARIA] Diz, filho...

TOCA A CAMPAINHA DE CASA.

NADINE
Eu vou lá... Podes continuar, Jota.

JJ MOURARIA
Não, dona Nadine, nem pensar. [SÉRIO] Por amor de Deus, esperamos pela senhora.

QUIM
Esta situação está muito demorada para o meu gosto.

NADINE ABRE A PORTA. ENTRA FATU.
FATU APERCEBE-SE DO ESTRANHO AMBIENTE. FAZ UMA PAUSA. CHORA.

NADINE
Fatu...

FATU
Vizinha... Ai, o meu marido...

NADINE
Tenha calma, Fatu...

JJ MOURARIA
Seja forte, dona Fatu...

QUIM
Seja forte.

MANGUIMBO
Seja forte.

MÁRIO ROMBO
Hummm!...

MINA
Seja forte, dona Fatu.

FATU
[SÉRIA DE REPENTE, SEM CHORAR] Mas eu até tenho forças, só que não consigo subir sozinha com o corpo.

JJ MOURARIA
[APROXIMANDO-SE] Como assim?

FATU
Os bombeiros chegaram com o meu marido... ai, o meu marido... Preciso de ajuda para trazer o meu marido para casa.

NADINE
Mas com certeza... ó Mário, filho... tu não poderias...

MÁRIO ROMBO
Hummm!...

NADINE
A dona Fatu precisa de homens.

MANGUIMBO
[UM POUCO ORDINÁRIO] De quantos homens é que a dona Fatu precisa?

NADINE
[SÉRIA] De alguns.

JJ MOURARIA
Nós vamos ajudar os bombeiristas, não haja mais motivos de preocupação fúnebre ou ascensorista!

FATU
Obrigada, filho...

JJ MOURARIA
Deixe-se estar, senhor "Rambo", nós vamos lá abaixo. [PARA MANGUIMBO] Ó padrinho, vamos ajudar conjuntamente...

MANGUIMBO
Se a dona Fatu precisa de homens... e nós somos homens... vamos lá ajudar... Com licença.

QUIM
Bom... vão lá... [BATENDO COM A PISTOLA NA MESA COMO SE FOSSE UM MARTELO] A sessão está adiada para daqui a alguns minutos.

MANGUIMBO E **JJ MOURARIA** SAEM. DESCEM AS ESCADAS.

NADINE
Ó Quim...

QUIM
[PENSATIVO] Diz, cunhada...

NADINE
Porquê que vocês estão a fazer isto ao miúdo?

QUIM
Esse com nome alfabético?

MINA
[TRISTE] Ó tio, parem de gozar com ele.

QUIM
[SÉRIO] Mas vocês pensam que eu tou a gozar com ele? Vocês não entendem o que se passa aqui?

MÁRIO ROMBO
[SÉRIO] Mina... Ouve o teu tio.

QUIM
Tu pensas, Mina, que conheces esse homem...
Namoras com ele há uns tempos e tá tudo bem... Mas agora é diferente...

MÁRIO ROMBO
Agora é diferente...

QUIM
Algo de mais sério se passou... não foi?

MÁRIO ROMBO
Hummm!...

QUIM
E agora trata-se de entender bem o que vamos fazer com isso. Se não fazemos esta reunião a sério, esse rapaz pode desmarcar a qualquer momento, tás a entender?

MÁRIO ROMBO
Tás a entender, filha?

MINA
Tou sim, pai...

QUIM
Nós não estamos em Angola, terra do teu pai... Nós não estamos em Moçambique, terra da tua mãe... Portanto tudo para nós aqui é novo, tu já nasceste cá... os teus documentos não são como os nossos... o teu sotaque não é como o nosso. E até o teu destino não é mais como o nosso... Mas nós somos a tua geração anterior, tás a perceber?

MINA
Sim, tio.

QUIM
Então nós... Temos que falar à nossa maneira, e resolver isto como nós sabemos, mas é por ti, pela tua vida aqui neste país. E não é tanto pela situação, Mina...

MÁRIO ROMBO
Não é tanto pela situação, filha...

QUIM
É para que este jovem saiba como nós somos, que conheça a nossa cultura em vários momentos... E que seja um homem, Mina. Ele não pode vir aqui e gaguejar só... Não diz coisa com coisa, parece um livro electrónico...

MÁRIO ROMBO
[PARA QUIM] É o quê?!

QUIM
Parece um jacó[17] da loja do chinês que engoliu um dicionário fabricado em Taiwan...

TODOS RIEM BAIXINHO.

MINA
Não me faças rir, tio... [PAUSA] Mas ele é muito querido comigo, tio.

MÁRIO ROMBO
Hummm!...

QUIM
Querido ou não, tem de vir aqui falar com a família, como um homem... eu não sei bem o que houve, mas nem é isso que interessa... [PAUSA] ele tem que vir e falar como um homem. Conhecer a família, o pai, o tio, a mãe... isto é assim que se faz, minha sobrinha.

---

17. Jacó: *papagaio*.

MINA
[LAMENTANDO-SE] Também... Ele entra aqui e vê logo uma pistola...

QUIM
Mas, ó filha, pistola é leão?... Ele tem só que aguentar... ele gosta de ti ou não?

MINA
Gosta sim, tio.

QUIM
Então é com pistola mesmo... Vais ver que isto vai ser bom para ele... [PAUSA] Para todos nós...

NADINE
[PARA A FILHA] Vem ajudar-me a buscar mais bebidas na cozinha.

NADINE E MINA VÃO PARA A COZINHA.

QUIM
Ó mano, às vezes penso que estas coisas até acontecem por alguma razão...

MÁRIO ROMBO
Como assim?

QUIM
Às vezes estamos aqui e se não acontecesse nada disto íamos esquecer como é que estas coisas se fazem na nossa terra.

MÁRIO ROMBO
Ya... tens razão... hummm!...

QUIM
Tu não te lembras como foi da nossa irmã?

MÁRIO ROMBO
Se lembro!..., mas nesse dia tínhamos bué de peixe-frito na mesa.

QUIM
[COM SAUDADE] Ya, tens razão.

NA ESCADA. **JJ MOURARIA** E **MANGUIMBO** SOBEM COM O MORTO. **FATU** VAI À FRENTE DANDO INSTRUÇÕES E AJUDANDO.

MANGUIMBO
Mas ó dona Fatu... O seu marido era assim pesado?

FATU
Ele era levezinho.

JJ MOURARIA
Mas olhe que ele agora de "zinho" tem muito pouco.

MANGUIMBO
Ó dona Fatu...

FATU
Diga.

MANGUIMBO
A senhora gosta de fazer exercícios? Dizem que faz bem fazer exercícios nas escadas...

JJ MOURARIA
Ó padrinho...!

MANGUIMBO
Qual "ó padrinho" é esse?, tou aqui com duas cervejas no bucho, nem peixe-frito, nem só já um atum contra pão e cebola...

BATEM À PORTA DO PRÉDIO.

FATU
Quem está aí?

TITONHO
Sou eu, Titonho.

MANGUIMBO
[RECONHECENDO A VOZ] Ó!, tá aí o nosso grande amigo parente da Cesária Évora... Talvez ele goste de fazer exercício nas escadas...

FATU
Já abro.

FATU ABRE A PORTA A **TITONHO**. ESTÁ CHOROSA NOVAMENTE.

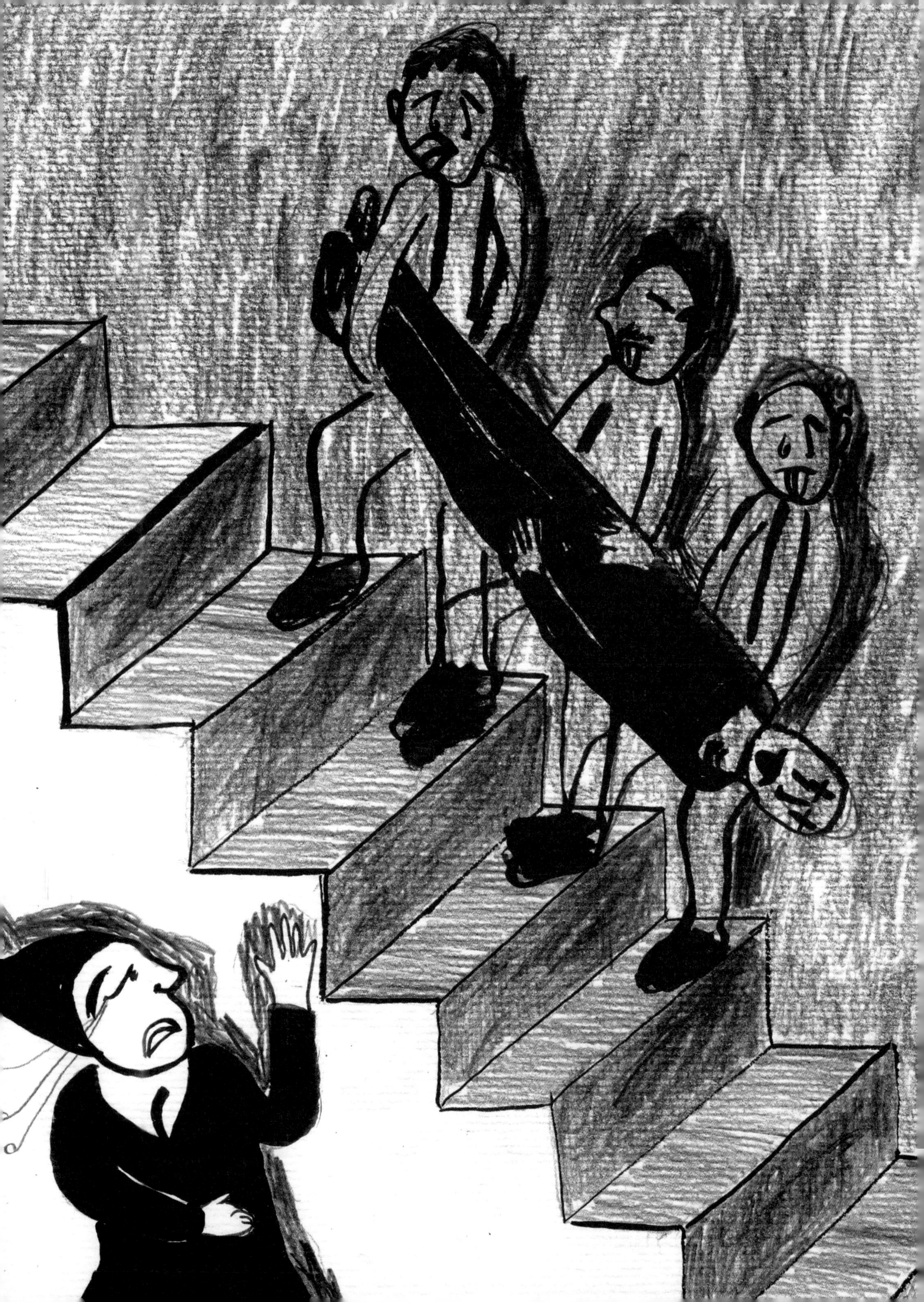

FATU
Ai, o meu marido... O meu marido era teu amigo, Tonho, tão teu amigo...

MANGUIMBO
[SUSSURRANDO PARA JJ MOURARIA] Mas comé essa dama... se vamos ter choradeira então deixa-me ainda pousar o corpo...

JJ MOURARIA
Talvez seja melhor acionarmos uma pausa.

TITONHO
Tenha calma, Fatu... É preciso ser forte, Deus é que nos chama... [CHORAMINGA TAMBÉM]

CHORO BAIXINHO DE TITONHO E FATU.

MANGUIMBO
Porra, o apetite é que me chama... Vamos pousar aqui o "tio".

JJ MOURARIA
Será que devemos?

MANGUIMBO
Devemos, devemos, por que eu não aguento muito tempo assim pá, e também tou mal da barriga...

FATU
Ai o meu marido...

MANGUIMBO
[PARA FATU] Ó dona Fatu, com licença: abuçoitos!

TITONHO
O que se passa?

MANGUIMBO
Se me dão licença, tenho que ir mandar um fax.

TITONHO
Um quê?

MANGUIMBO
Tenho que ir à casa de banho, tou a pedir aqui substituição... Abuçoitos...!

TITONHO
Vá lá, homem, deixe que eu seguro no compadre.

MANGUIMBO SOBE A CORRER. VAI À CASA DE BANHO NO APARTAMENTO DE FATU.

FATU
Ai o meu marido gostava tanto de futebol...

JJ MOURARIA
Por favor, Titonho, vamos avançar...

PEGAM NO CORPO.

JJ MOURARIA
Então era este o seu compadre?

TITONHO
Este mesmo... E você está aqui a fazer o quê?

JJ MOURARIA
Estou numa missão discursivamente epistolar.

TITONHO
Como assim?

JJ MOURARIA
Depois explico com mais rigor detalhístico... Vamos lá subir com o falecido... [RESPIRANDO, OFEGANTE] Dona Fatu, vá dando as coordenadas e vamos avançando.

FATU
Dois degraus pequenos, depois é só subir.

TITONHO
Mas então o falecido chegou agora?

JJ MOURARIA
Acabou mesmo de chegar, Titonho.

FATU
Agora quinze degraus, cuidado com a cabeça do meu marido.

JJ MOURARIA
Mas a morte acrescenta peso às pessoas ou eu tou a precisar de comer?

TITONHO
Olhe, fui avisar uns amigos, mas com isto do jogo não se encontra ninguém.

FATU
Agora mais três degraus, cuidado aí com o braço que está a cair assim de lado.

JJ MOURARIA
Coragem, Titonho, já falta pouco.

FATU
Coragem, filho..., já falta pouco.

TITONHO
Coragem, compadre, já falta pouco.

APARTAMENTO DE MÁRIO ROMBO.

MÁRIO ROMBO
Mas então, o quê que se passa? Nunca mais voltam? Vai lá ver se desmarcaram, Quim...

QUIM
Calma aí, mano, não desmarcaram nada, estão em manobras com o morto.

MÁRIO ROMBO
Mas comé, o morto voltou mais? [PAUSA] É teimoso...

NADINE
Ó Mário, fala baixo.

O MORTO E OS SEUS ACOMPANHANTES ENTRAM NO APARTAMENTO DE FATU.

FATU
Entrem, ponham aqui o meu marido no sofá... Ele gostava de ficar aqui à tarde a ouvir rádio... [PAUSA] Titonho traga lá o rádio da cozinha por favor.

TITONHO VAI BUSCAR O RÁDIO. MANGUIMBO REAPARECE.

MANGUIMBO
Bem, dona Fatu, com este esforço agora, só mesmo uma cerveja bem gelada com respeito aqui pelo seu marido.

FATU
Não sei se tenho, vou ver.

TITONHO VOLTA COM O RÁDIO.

TITONHO
Fatu..., este rádio não quer funcionar.

MANGUIMBO
Deve ser maka de pilhas, dona Fatu, ponha as pilhas ao sol e espere meia hora, depois já funcionam.

FATU
Mesmo assim, Titonho, traz o rádio, põe aqui perto do meu marido, ele vai gostar só assim.

JJ MOURARIA
Bem, nós temos que voltar à "procedência"...

MANGUIMBO
Onde?

JJ MOURARIA
Ali no interrogatório, temos que ir despachar o assunto.

TITONHO
Vocês estão aí no senhor Rombo?

MANGUIMBO
Sim, temos ali um pendente, mas aqui eu também tenho uma pendente... Ou não é, dona Fatu?

FATU
Como assim?

MANGUIMBO
Então a senhora não me prometeu um "birinaite"?

FATU
Um "biri" quê?

TITONHO
Uma cerveja bem gelada, Fatu.

FATU
[CHORAMINGANDO] Ai o meu marido, gostava tanto de cerveja bem gelada...

MANGUIMBO
[PARA JJ MOURARIA] Ala porra! Outra vez a choradeira?! "Afilhado", vamos desmarcar.

JJ MOURARIA
Titonho, dá licença.

TITONHO
Eu acompanho até à porta.

TIO QUIM ESPERAVA-OS À PORTA DO APARTAMENTO DE MÁRIO ROMBO. ENTRAM TODOS JUNTOS.

QUIM
[PARA JJ MOURARIA, BATENDO COM A PISTOLA NA MESA] Vamos lá, rapaz... Início do segundo tempo!

JJ MOURARIA
Pelo andar da coisa ainda vamos a prolongamento.

MANGUIMBO
E se formos a pênaltis é melhor preparar umas cervejas com um bocado de peixe-frito.

ACOMODAM-SE NA SALA.

MÁRIO ROMBO
Sentem-se.

MANGUIMBO
[PARA QUIM] Sente-se.

QUIM
[PARA JJ MOURARIA] Senta-te!

JJ MOURARIA
[PARA MÁRIO ROMBO] Deixe-se estar sentado.

MINA
[PARA NADINE] Senta-te, mãe.

QUIM
Bem, estamos aqui reunidos novamente, para muito rapidamente e sem mais volteios... Reiniciarmos o assunto que estamos com ele.

MANGUIMBO
[QUE COMEÇA A FICAR BÊBADO] Apoiado!...

JJ MOURARIA
[MAIS DISCRETO] Muito bem!

MÁRIO ROMBO
Hummm!...

QUIM
Antes do intervalo... Digo, da interrupção por assuntos funerários... Aqui o jovem Jota dirigia-se ao pai da sua namorada... [ACARICIA A PISTOLA] Ou não é assim?

MANGUIMBO
É correto, é correto.

QUIM
Dirigia-se ao pai da sua namorada, para fazer muito objetivamente..., repito, muito objetivamente, uma abordagem ao assunto. Meu jovem [PARA JJ MOURARIA], faça o favor de prosseguir sem gaguejamentos nem fintas, porque finta é no futebol!

MANGUIMBO
[PARA NADINE] Por falar em futebol, que deve começar daqui a pouco, dona Nádia...

QUIM
[IRRITADO] O nome é NADINE!

MANGUIMBO
Dona Nadine!, não sai uma cerveja a estalar para acompanhar aqui o discurso do meu "afilhado"?

NADINE
Com certeza, senhor Guimbo.

MANGUIMBO
O nome é Manguimbo.

QUIM
Bom, chega de brincadeiras, por favor. Jota, vamos lá, de uma vez por todas, avança!

JJ MOURARIA
Bem... Senhor Mário... [HESITA, MAS ACERTA NO NOME] Rombo... Senhor Mário Rombo... Como é do conhecimento familiar do senhor e da senhora sua esposa...

QUIM
E do tio!...

JJ MOURARIA
E do senhor Tio...

MANGUIMBO ABRE MAIS UMA CERVEJA.

JJ MOURARIA
Como é do vosso conhecimento, há algum tempo que a vossa filha...

QUIM
E sobrinha...

JJ MOURARIA
Ia mesmo dizer... Vossa filha e sobrinha... Coincide numa aproximação afetiva com a minha pessoa aqui presente.

QUIM
Seja objetivo, jovem, seja objetivo sem resvalar para mais diccionarismos.

JJ MOURARIA
É nesta sequência que eu venho aqui confessar... ou melhor, dizer... ou até, informar...

MANGUIMBO
Muito bem, enteado!

JJ MOURARIA
Que as coisas evoluíram para um outro estágio.

QUIM
Estágio?!

MÁRIO ROMBO
Hummm...!...

JJ MOURARIA
A bem dizer, nem tenho bem a certeza se a vossa filha e sobrinha já vos terá comunicado... Mas parece que temos que ser corajosos, e enfrentar a situação com serenidade.

QUIM
[PREOCUPADO] Isso, jovem, diga lá o que você tem a dizer.

MINA
Pai, o Jota tem razão. A situação é muito mais séria do que vocês pensam...

QUIM
Mina!, deixa o jovem falar, seja como for, ele é que vai dizer!

MINA
[PARA JJ MOURARIA] Diz, Amor...

MANGUIMBO
Diz, sobrinho.

NADINE
Diz, filho...

JJ MOURARIA
É que estou muito nervoso devido ao jogo de Angola com Portugal...

MINA
Ó Jota, caramba, um pouco mais de coragem... Todo mundo já percebeu que eu tou grávida...!

MÁRIO ROMBO
[LEVANTA-SE DA CADEIRA] O QUÊ!?

QUIM
[IMITANDO O MESMO GESTO E O MESMO GRITO QUE MÁRIO ROMBO] O QUÊ?!

MANGUIMBO
[ATRASADO] O quê?!

INSTALA-SE A CONFUSÃO GERAL. MUITO ESPANTO, DE TODOS.

NADINE
[PARA MÁRIO ROMBO] Ó filho, tem calma...

QUIM
[PEGA NA PISTOLA] Ó mano, tem calma.

MINA
Ó pai, tem calma...

MÁRIO ROMBO
Hummm!....

MANGUIMBO
Tenham calma, camaradas... O que é preciso é "resolver os problemas do povo"...

QUIM
[PARA JJ MOURARIA] Ó jovem, repita lá o que acabou de dizer...

JJ MOURARIA
Mas eu não disse nada, senhor Quim..., foi a Mina que falou...

QUIM
[GESTICULANDO COM A PISTOLA; FALANDO MUITO DEVAGAR COMO NUMA TORTURA]
Então repita o que a Mina acabou de dizer...

MINA
Vamos Jota, tens que falar, Amor.

MANGUIMBO
Vamos Jota, tens que falar.

NADINE
Vamos, filho, tens que falar.

MÁRIO ROMBO
Hummm!...

JJ MOURARIA
Bem..., penso que o que a Mina quis dizer... É que devido ao nosso amor incondicionado... Ambos os dois estamos à espera de um filho que será nosso, mutuamente!

NADINE
[SATISFEITA, PARA MINA] Parabéns, minha filha.

MANGUIMBO
[NO MESMO TOM] Parabéns meu "afilhado"... [DEPOIS PARA NADINE] Venha de lá mais um birinaite!

NA RUA HÁ SOM DE PALMAS E GRITARIA.
MÁRIO ROMBO NÃO EMITE UM SOM E NÃO SE MOVE. QUIM ESTÁ PREOCUPADO E NÃO SABE COMO REAGIR. INSTALA-SE UM SILÊNCIO DESAGRADÁVEL.

QUIM
Mano... tem só calma, olha o coração... Para mais hoje é dia de jogo.

MÁRIO ROMBO
[PARA NADINE] Nadine, filha... Estás contente?

NADINE
Claro, filho... [APROXIMA-SE DELE] Tem só calma, tudo se resolve...

MANGUIMBO
Tudo se resolve sim, e isto ainda vai pedir mais um brinde... vou só ali à casa de banho...

TODOS TOSSEM. UM DE CADA VEZ.

MÁRIO ROMBO
Mas como é isso.......... Grávida...? Com bebé e tudo?

NADINE
[COM NATURALIDADE] Sim, filho, com bebé e com tudo... E com maridinho também, não é, Jota?

MANGUIMBO RETIRA-SE.

JJ MOURARIA
Todavia não abordamos essa temática, dona Nadine.

QUIM
[COM A PISTOLA NA MÃO] Mas estamos aqui para abordar todas as temáticas.

MÁRIO ROMBO
[SENTANDO-SE] Hoje... no dia do jogo Angola-Portugal... A minha filha...

NADINE
Até pode ser um bom sinal, filho.

QUIM
Mano, pode ser bom sinal...

MINA
Só pode ser um bom sinal, pai...

MÁRIO ROMBO
Ó Nadine, traz-me uma cerveja bem gelada.

QUIM
[PARA JJ MOURARIA] Então e o seu padrinho...?

NADINE
Vem, Mina, vamos buscar masé uma garrafa de champanhe para regar a notícia.

NADINE E MINA DIRIGEM-SE À COZINHA.

JJ MOURARIA
Meus senhores... [EM TOM CONFIDENTE] Era mesmo sobre isso que eu queria falar-vos... Agora que a situação se esclareceu, é melhor avançarmos para um segundo tema central.

QUIM
O casamento?

MÁRIO ROMBO
O jogo de futebol?

JJ MOURARIA
Não... nenhum desses ambos! Uma coisa um pouco mais secreta, digamos, em concomitância...

QUIM
Mais ainda? É o quê então? Primeiro a minha sobrinha tá grávida..., agora é outro segredo...?

MÁRIO ROMBO
Não me diga que são gémeos?

JJ MOURARIA
Não, não se trata desse tipo de abordagem... É um assunto além fronteiras, no qual eu preciso da vossa colaboração, para não dizer mesmo do vosso contributo.

QUIM
Ó jovem, aqui quem vai contribuir é você!

JJ MOURARIA
Eu sei, "tio" Quim, mas ouçam só... Posso parlar?

MÁRIO ROMBO
Diga lá.

JJ MOURARIA
Tio Quim, largue então a pistola, por favor.

QUIM POUSA A PISTOLA NA MESA NOVAMENTE.

QUIM
Mas não quer esperar pelo seu tio para falar?

JJ MOURARIA
Não, não... [SEGREDANDO] É mesmo dele que vamos falar... Passa-se aqui algo que os senhores devem incorporar...

MÁRIO ROMBO
Fala lá um português normal, pá!

JJ MOURARIA
Este senhor, "Guimbo" ou Manguimbo ou quê...

QUIM
O seu tio...

JJ MOURARIA
Ele não é meu tio, também nos conhecemos há pouco tempo... Mas há uma questão com ele.

TITONHO TOCA A CAMPAINHA. MINA VAI ABRIR.

MÁRIO ROMBO
Continue, antes que ele volte da casa de banho.

JJ MOURARIA
E é mesmo sobre a casa de banho que eu quero falar.

QUIM
Então fala, porra!

TITONHO ENTRA NA SALA.

TITONHO
Boa tarde, meus senhores... Tudo bem?

MÁRIO ROMBO
Titonho, entra. À vontade.

TITONHO
Boa tarde, senhor Quim.

QUIM
Como está, Titonho? Preparado para o jogo?

TITONHO
Mais que preparado... *Já'l c'mêçá?*

MÁRIO ROMBO
Deve faltar pouco.

QUIM
É que aqui estamos com outro jogo... Este jovem veio-se apresentar como namorado da minha sobrinha... e futuro pai de um casal de gémeos...

MÁRIO ROMBO
Gingongos?

TITONHO
Gémeos?

QUIM
Tudo pode acontecer, hoje em dia com esses iogurtes da União Europeia, nunca se sabe.

TODOS DÃO UMA RISADA.

MÁRIO ROMBO
Mas continue, Jota, você falava do seu padrinho.

JJ MOURARIA FAZ UMA PAUSA, OLHANDO PARA TITONHO.

MÁRIO ROMBO
Este senhor é de casa, podes falar à vontade mesmo.

JJ MOURARIA
Bom, como ia dizendo, a situação é que temos aqui uma situação fatual mesmo.

QUIM
Vou ligar a televisão, vamos já aquecendo os ânimos.

JJ MOURARIA
Este senhor Manguimbo, parece que tem uma coisa para "despachar"...

TITONHO
Uma coisa?

MÁRIO ROMBO
Uma coisa?

QUIM
Uma coisa?

ENTRA NADINE.

NADINE
Querem comer alguma coisa?

TITONHO
Boa tarde, dona Nadine.

NADINE
Boa tarde, Titonho, os meus pêsames...

TITONHO
Muito obrigado.

QUIM
Ó cunhada, desculpa lá, tu pareces aqueles filmes de suspense mas que depois não acontece nada... Toda hora a perguntares se queremos comida, e depois não sai nada...

TODOS RIEM.

NADINE
Mas agora vai sair, estamos a fritar uns torresmos com jindungo.

TITONHO
Boa ideia... [TRISTE] O falecido é que gostava tanto de torresmos...

QUIM
Tenha calma, Titonho.

JJ MOURARIA
Tenha calma.

MÁRIO ROMBO
Tenha calma.

JJ MOURARIA
[RETOMANDO] Mas como eu ia dizendo... Ali o meu padrinho..., tem uma coisa para despachar, no ramo das pedras diamantíferas!

TITONHO
[ENTENDENDO] Ahnnnnnnnn...

MÁRIO ROMBO
Ahnnnnnnnnnnn...

QUIM
Ahnnnnnnnnnn...

JJ MOURARIA
Pois é... Isto é delicado... [FAZ UM GESTO COM A MÃO] Mas também pode ser "dedilhado"...

TITONHO
Agora estou a entender tudo...

JJ MOURARIA
Como assim?

TITONHO
Hoje de manhã, lá no bar...

JJ MOURARIA
Sim...?

MÁRIO ROMBO
Mas vocês já se conheciam?

QUIM
Que bar...?

TITONHO
No "Bar do Chénguen"... Fica ali junto do edifício das Migrações Com Fronteiras.

JJ MOURARIA
O que houve, não estou a perceber?

TITONHO
De fato, o seu conterrâneo insistiu várias vezes que... Tinha algo para empacotar...

QUIM
Empacotar?!

TITONHO
Acho que foi isso que ele disse.

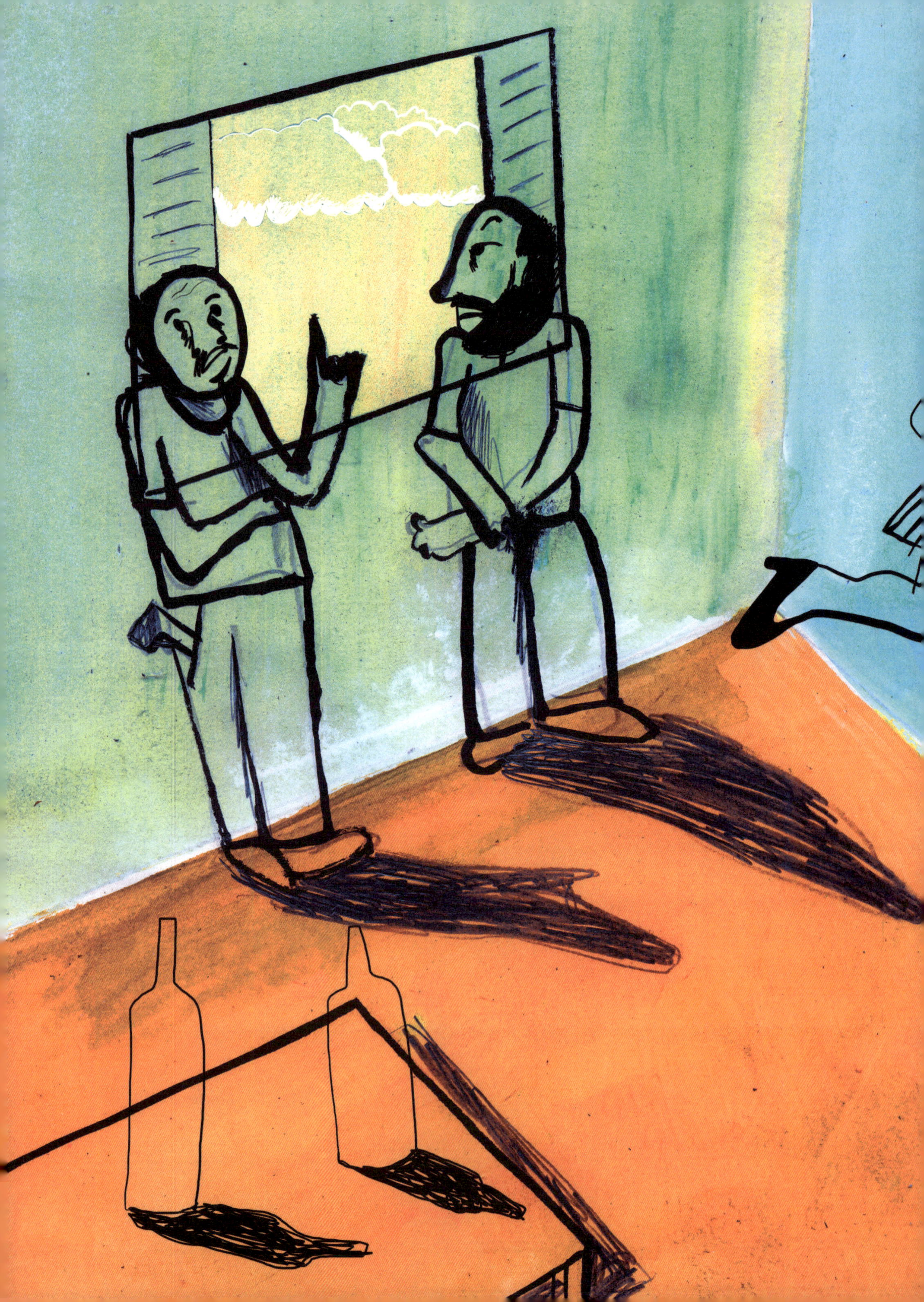

JJ MOURARIA
Não, Titonho, ele deve ter dito "despachar".

TITONHO
Isso mesmo, tem razão, ele queria despachar.

QUIM
[PENSATIVO] Já tou a ver o filme, "sobrinho"... Já tou a ver o filme!

JJ MOURARIA
Pronto, se o "tio" Quim já tá a ver o filme eu fico mais descansado... Até já posso começar a pensar na bilheteira.

MÁRIO ROMBO
Com filme ou sem filme, o importante é o jogo... [GRITANDO] Comé Nadine, esses torresmos saem ou quê?

NADINE
[DA COZINHA] Tá quase, filho, tá quase.

QUIM GUARDA A PISTOLA NO CINTO. **JJ MOURARIA** RESPIRA FUNDO. **QUIM** LEVANTA-SE FAZENDO SINAL A **JJ MOURARIA** PARA VIR FALAR COM ELE JUNTO À JANELA.

QUIM
Vamos aqui falar, ó "sobrinho".

JJ MOURARIA
Dialoguemos, "tio", dialoguemos... "Áquila cápite muscas"...

QUIM
O quê?

JJ MOURARIA
É latim, linguajar da Mouraria...!

OUVE-SE A VOZ DO LOCUTOR NA TELEVISÃO.

LOCUTOR
Cá está, é a festa de cores e de bandeiras aqui no estádio "Aftaz-Árrden", na Alemanha, as selecções estão em campo, muitos sorrisos e algum nervosismo entre estes jogadores irmãos... O árbitro da partida, para não fugir à regra, tem quantidades excessivas de gel no cabelo, é já quase uma tradição nestas arbitragens futebolísticas, excepção seja feita, é óbvio, aos carecas que dispensam tal artefato. [PAUSA] Neste mundial a Associação Internacional dos Dermatologistas fez mesmo uma campanha prevenindo os árbitros para os riscos de calvície que advêm do excesso de aplicação de gel no cabelo mas, bom, este é um apontamento à parte, voltamos às quatro linhas nesta magnífica tarde de junho...

TITONHO
Ai meu deus, vai começar.

MÁRIO ROMBO
Eu gosto de ver jogo na TV, mas o relato gosto mais da rádio, parece que são mais emocionantes.

TITONHO
Tem razão, *bon' den um rádie êí?*

MÁRIO ROMBO
Acho que não, hoje em dia já ninguém ouve rádio.

TITONHO
A Fatu tem lá um rádio.

MÁRIO ROMBO
E não dá para pedir?

TITONHO
Dar, dá... Mas ela pôs o rádio perto do marido dela.

MÁRIO ROMBO
Mas como é essa dama...!, pôs o rádio perto do marido? Para quê?

TITONHO
É que ele gostava muito de relatos.

MÁRIO ROMBO
É verdade, o falecido era mesmo viciado em futebol... Pera aí, tenho uma ideia... [GRITANDO PARA A COZINHA] Ó Mina, vem cá filha.

MANGUIMBO REGRESSA À SALA. UM POUCO TRANSPIRADO.

TITONHO
Senhor Manguimbo, como vai? Tudo bem?

MANGUIMBO
Tudo bem, é só a fome que nos tá a fazer passar mal... [REPARA NA TV] Ah, vai começar?

MINA CHEGA PERTO DO PAI.

MÁRIO ROMBO
Sim, está quase. [PARA MINA] Ó Mina, faz-me um favor, vais aqui à casa da Fatu
e diz para ela vir ver o jogo conosco.

MINA
Pai, mas a Fatu está de luto...

MÁRIO ROMBO
Ó filha, faz como te digo, futebol não ofende o morto.
Para mais, é da tradição fazermos aquilo que o morto gostava de fazer.

TITONHO
É verdade.

MANGUIMBO
[IMITANDO] É verdade.

MÁRIO ROMBO
O falecido adorava futebol..., ela que venha assistir o jogo!
Diz à Fatu para trazer o rádio com ela.

MINA
O rádio?

MÁRIO ROMBO
Ela sabe..., o rádio!, para ouvirmos o relato. Vai lá, filha.

MINA SAI. **NADINE** ENTRA NA SALA COM PIRES CHEIOS DE TORRESMOS.

NADINE
Cuidado que estão muito quentes.

MÁRIO ROMBO
Ó filha, então é melhor virem já umas cervejas para a malta não queimar a língua.

NADINE
Calma, tou a preparar já uma arca com gelo para ficar aqui perto do jogo.

MANGUIMBO
[ENTUSIASMADO] Grande ideia, dona "Nádia", até parece que estamos na praia... Grande ideia mesmo!

MÁRIO ROMBO
Sirva-se, Titonho.

TITONHO
Obrigado.

MANGUIMBO
Obrigado.

NA JANELA JJ MOURARIA CONVERSA BAIXINHO COM QUIM.

QUIM
Quer dizer, "sobrinho", tu desconfias que o homem traz a carga no estômago...

JJ MOURARIA
Só pode ser, "tio" Quim, só pode ser... Para mais, não sei se reparou nas deslocações constantes ao "Wilson de Carvalho".

QUIM
Wilson de quê?

JJ MOURARIA
Wilson de Carvalho, tio..., é um código para WC.

QUIM
Ah, sim, já havia reparado...

JJ MOURARIA
Isto é a sinalética... Ele pretende que o material veja a luz do dia.

QUIM
Como assim?

JJ MOURARIA
Ele deve estar a esforçar o estômago, "tio" Quim... Faço-me entender?

QUIM
O estômago ou os intestinos?

JJ MOURARIA
Bem, com a modernidade gastronómica, estou de acordo consigo, tudo é possível..., gastrites, intestinites!

QUIM
Para de falar à toa, "sobrinho", concentra-te.
Nós só temos mesmo é que ajudar, não é assim?

JJ MOURARIA
Positivo, "tio", é absolutamente positivo.

QUIM
E partindo do pressuposto que já vamos sendo familiares de hoje em diante…

JJ MOURARIA
Sim?

QUIM
Penso que a divisão dos lucros seria feita de modo cuidadoso, não é assim, Jota Jota da Mouraria?

JJ MOURARIA
Nada me parece mais justo, "tio" Quim.

NADINE ENTRA NA SALA COM ARCA CHEIA DE CERVEJAS BEM GELADAS.

MÁRIO ROMBO
Isto é uma maravilha, parece que estamos ali na praia dos Trapalhões, em Luanda…

MANGUIMBO
[JÁ BÊBADO] Positivo, positivo…

MÁRIO ROMBO
[PARA QUIM] Ó mano, juntem-se aqui à malta, vocês agora deram uma de comadres fofoqueiras ou quê?

JJ MOURARIA E TIO QUIM APROXIMAM-SE ENTRE RISOS.

JJ MOURARIA
Parece que vai começar o jogo.

TITONHO
[IRÓNICO] Parece que o jogo já começou há algum tempo…

QUIM
[OLHANDO PARA O PRATO] Mas vocês quase que já derrotaram o pires de torresmos, vocês afinal tavam mesmo com fome…

TITONHO
Mas estes torresmos estão uma maravilha…!

MINA ENTRA EM CASA NOVAMENTE.

MINA
Pai, a Fatu diz que é complicado mandar o rádio porque o morto gostava muito de escutar rádio.

MÁRIO ROMBO
Mas essa dona Fatu só complica..., nós tamos aqui a requisitar o rádio por razões patrióticas...

JJ MOURARIA
Coadjuvados por motivações desportivas.

MANGUIMBO
Já sei! Podia vir a dona Fatu, o rádio... E o falecido também!

QUIM
O quê?

MANGUIMBO
Então... Nós queremos o rádio... O morto está com o rádio... Que venha o rádio, o morto e a esposa do morto!

MÁRIO ROMBO
[APOIANDO] Tem razão, é uma boa ideia e não ofende a tradição. Até que ele mesmo gostaria de ver o jogo.

QUIM
Não sei, mano, um morto já morrido mesmo... Vir mais aqui na sala com as nossas cervejas e o torresmo...

MÁRIO ROMBO
[SÉRIO] Mano, a maka não é o morto... [LONGA PAUSA. OS OUTROS FAZEM SILÊNCIO] A maka é não estarmos a conseguir um peixe-frito como deve ser, nos conformes mesmo...

MINA APROXIMA-SE DE **JJ MOURARIA**.

MINA
Anda, amor, vem-me ajudar a fala com a dona Fatu.

JJ MOURARIA
Com a vossa licença permissiva, meus senhores...

MÁRIO ROMBO
Vai lá, filha, a nossa selecção merece um bom relato de rádio.

MINA E JJ MOURARIA VÃO TER COM A VIZINHA. **QUIM** APROVEITA E VAI ATÉ À COZINHA.

QUIM
[PARA NADINE] Ó cunhada..., comé, tudo sob controle aqui?

NADINE
Diz, Quim. Tu quando vens com essa voz, é porque há gato.

QUIM
[SORRINDO] Não... Eu estava mais interessado é no peixe...

NADINE
Mas vocês nunca estão satisfeitos com o que há? Já num vos disse que não há peixe? [PAUSA] Esperem só um bocadinho que eu estou a fritar mais torresmos.

QUIM
Ó cunhada...

NADINE
Diz, Quim.

QUIM
Estou com um plano e preciso da tua ajuda.

NADINE
Se é para assustar mais os miúdos, não contes comigo.

QUIM
Nada disso... É um plano de alembamentos[18].

NADINE
O quê que vocês estão a inventar, Quim?

QUIM
Confia, só, cunhada. O padrinho, esse tal de Manguimbo, vai pagar alembamento do afilhado dele, com juros em atraso de namoro avançado sem consentimento da família, e algumas despesas das crianças ainda por nascer...

NADINE
Que confusão, Quim... E então, quê que queres?

QUIM
Tens algumas coisas, comprimidos ou comida, que faça um gajo ir mesmo à casa de banho com vontade?

NADINE
Mas para quê?

QUIM
Confia só, cunhada, tá tudo combinado e o próprio Jota é que entregou o padrinho. Ele está com problemas de pedras.

---

18. Alembamento: *dote*.

NADINE
Quem, o Jota?

QUIM
Não, o padrinho.

NADINE
Pedras nos rins?

QUIM
Não... Pedras intestinais. É uma modernice angolana... [PAUSA] Tens algum acelerador de evacuação?

NADINE
[RINDO] Ahahah, "acelerador de evacuação"? Viraste mecânico de Fórmula Um, ou quê? Deixa ver aqui no armário...

QUIM
Olha, eu vou lá para dentro, não posso demorar aqui. Qualquer coisa que encontres, põe bastante na próxima dose de torresmos. E serves nesse pires vermelho, eu depois controlo o resto.

NADINE
Vai lá para a sala, seu maluco.

NA SALA CONTINUAM A VER TELEVISÃO. O JOGO COMEÇOU.

MÁRIO ROMBO
Mano, comé, vem mais comida?

QUIM
Está a ser preparada... [PARA MANGUIMBO] Ainda tem fome?

MANGUIMBO
Para ser sincero, agora com o nervosismo do início do jogo, é capaz de me abrir o apetite...

MÁRIO ROMBO
[ATENTO AO JOGO MAS TAMBÉM À CONVERSA] Mas o seu apetite, do que eu vi, nunca esteve muito fechado...

MANGUIMBO
É que nós esta manhã tivemos uma longa jornada ali nas Migrações Com Fronteiras.

QUIM
E foram fazer o quê?

TITONHO
Eu fui ver se ajudava aí a Fatu a resolver os documentos do morto.

QUIM
[PARA MANGUIMBO] E você?

MANGUIMBO
Eu tou a ver se prorrogo o visto de turismo, preciso de ficar mais uns dias… Surgiram aí umas coisas para resolver…

QUIM
Se pudermos ajudar, está entre amigos… Angolanos… E aqui o Titonho de Cabo Verde também é amigo.

MANGUIMBO
[LENTO, DESAFIADOR] Há horas na vida, em que aparecem amigos de todos os lados…

TITONHO
De todas as ilhas.

QUIM
[SÉRIO, QUASE COMOVIDO] Há momentos na vida em que é necessário ter amigos de todas as latitudes…

TITONHO
Eu diria mais… *O qu'ê vida sem nôs amigue?* [PAUSA] *Um brinde pe amizéde!*…

MÁRIO ROMBO
Sim, e metemos já Angola no brinde também.

TODOS
Tchin-tchin!…

JJ MOURARIA E MINA ENTRAM NA SALA COM O MORTO.
FATU ENTRA TAMBÉM COM O RÁDIO NA MÃO.

MÁRIO ROMBO
Brinde cancelado! Estamos na presença de um defunto!

JJ MOURARIA
Ó padrinho, dê aqui uma ajuda fortificante, para ver se acomodamos o falecido.

QUIM
Deixe-se estar, Manguimbo, é melhor não fazer muito esforço.

MANGUIMBO
Ora essa, estamos aqui para ajudar… [MAS NÃO SE MEXE].

FATU
[CHORAMINGANDO] Ai, senhor Rombo, muito obrigado pela atenção... O meu marido..., ele ia adorar ver este jogo...

MINA
Pronto, Fatu, tem calma.

MÁRIO ROMBO
Sim, Fatu tem calma, e não chores muito senão o falecido não pode escutar o relato... Trouxeste o rádio para ele ouvir?

FATU
[CHORAMINGANDO] Trouxe..., o rádio do meu marido..., [PARA DE CHORAR] Mas tá sem pilhas...!

MÁRIO ROMBO
Ó que chatice... Então mantemos o relato do tuga na TV.

NADINE ENTRA COM DOIS PIRES NA MÃO. UM BRANCO E UM VERMELHO. UM POUCO NERVOSA.

QUIM
[PARA NADINE] Deixa que eu ajudo, cunhada.

NADINE
[APONTANDO PARA O PIRES VERMELHO] Este está mais picante...

QUIM
Ah, sim? Então é o do padrinho Manguimbo... [SORRINDO MALICIOSAMENTE] Deixa já aqui perto dele... Perto do padrinho... [OLHANDO PARA MANGUIMBO COM TERNURA] Perto do padrinho...

MANGUIMBO
Muito obrigado, estes torresmos estão da ponta da orelha!

MINA
Veja lá, não abuse, que eles fazem muito mal ao fígado.

QUIM
[RALHANDO] Ó Mina, o que é isso? Qual fígado, qual carapau, deixa lá o padrinho comer à vontade... Coma, Manguimbo, sinta-se em casa, qualquer coisa está ali a casa de banho, o "débas", como se diz na terra.

JJ MOURARIA
Sim, padrinho, coma à vontade...

TITONHO
Posso comer também?

FATU
Posso comer também?

JJ MOURARIA
Posso comer também?

QUIM
Sim, claro, mas no pires do padrinho ninguém toca!

MANGUIMBO
Senhor Rombo, passe-me mais uma birra, por favor.

MÁRIO ROMBO
Faz favor...

NADINE VOLTA À COZINHA. CONTINUA O JOGO.

LOCUTOR
... lá está uma bonita combinação entre Tiago e Figo... vai Figo... corre Figo pela lateral... progride e deixa ficar para Pauleta... pode acontecer o remate... Pauleta afasta o defesa, remataaaaaaaa... aaaaaaaaaa... que grande defesa de João Ricardo... Pode bem dizer-se que foi por um triz, por uma unha negra...

QUIM
Unha negra, toda hora essas dicas, o miúdo até é branco...

TITONHO
É só uma maneira de falar.

JJ MOURARIA
Apenas um "ípsis verbus" futebolístico...

QUIM
Sim, é só uma expressão, mas "a unha é negra", "o futuro está negro", "vejo as coisas pouco claras", é sempre a malhar no bumbo[19]...

TODOS RIEM.

MANGUIMBO
Com licença, ainda vou à casa de banho.

QUIM
Com licença, vou à cozinha.

FATU
Com licença, vou à minha casa.

19. Bumbo: *pessoa negra, em Angola.*

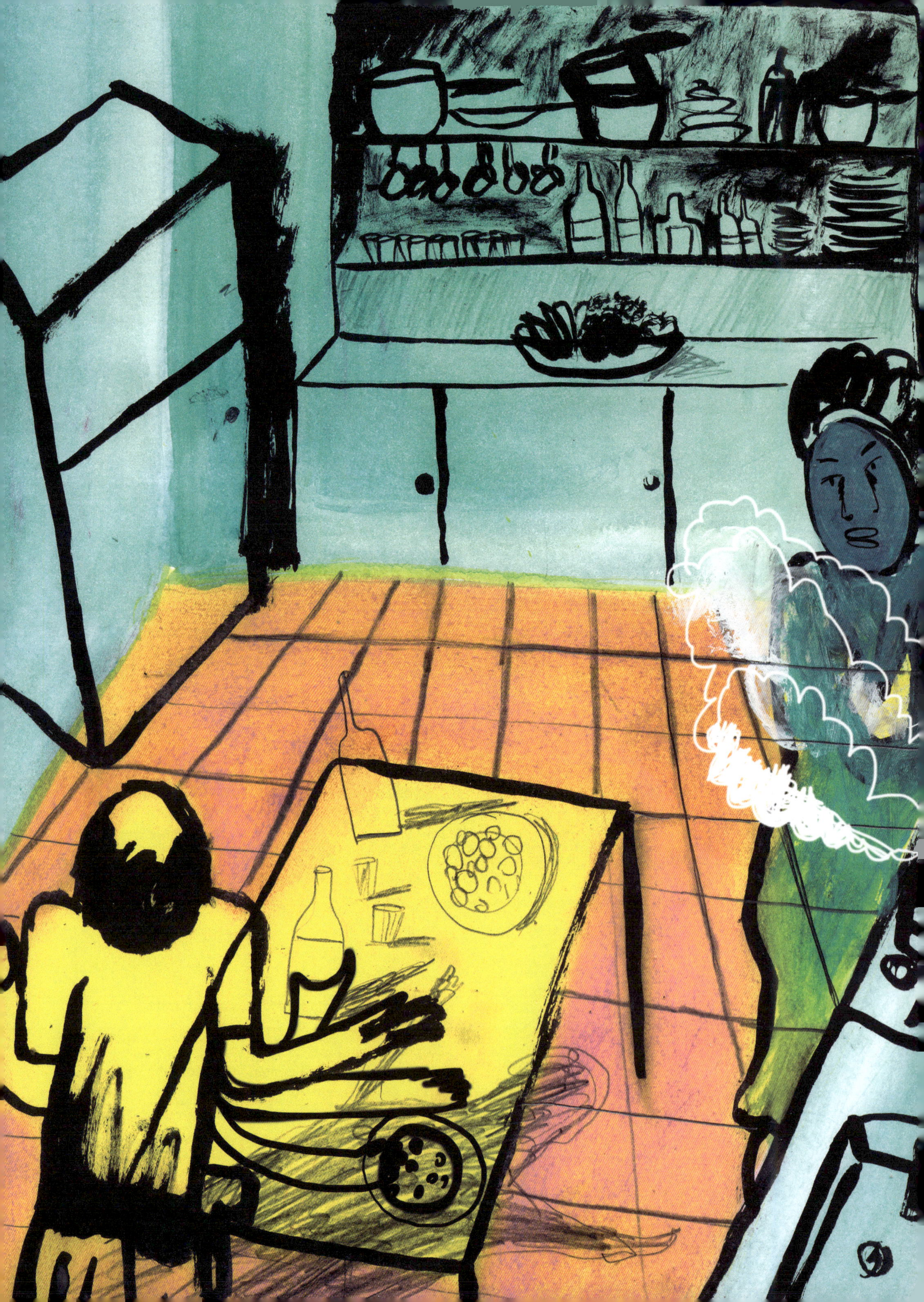

JJ MOURARIA ARROTA RUIDOSAMENTE.

JJ MOURARIA
Com licença...!

NA COZINHA. QUIM ENTRA E ENCONTRA NADINE AO TELEFONE.

NADINE
Mas não tem mesmo?... hummm... não, nós queríamos mesmo era peixe-frito... pois, eu sei, a esta hora... tá bem... mas mande então o que puder... tá bem... sim, é o apartamento mesmo em frente ao da Fatu...

DESLIGA O TELEFONE. SENTE TIO QUIM PROCURANDO ALGUMA COISA NA COZINHA.

NADINE
Quim!, que susto!... Ficas aí assim agachado tipo morcego?

QUIM
Shiuuu, tou numa missão de 007!

NADINE
O quê?!

QUIM
Cunhada... arranja só um coador de café com leite... Daqueles das natas...

NADINE
Tá ali na segunda gaveta. Para quê?

QUIM
Vais me perdoar, mas tenho que ir fazer uma instalação ali na casa de banho... Não podemos correr riscos do padrinho não saber fazer bem as coisas.

NADINE
Na casa de banho?

QUIM
Eu sei o que estou a fazer... [SEGREDANDO] Comé, o pires vermelho tá puramente perigoso?

MINA
Mais perigoso não podia estar.

QUIM
Tá "naice", cunhada... A luta continua, o alembamento é nosso!

NADINE
Amém!

QUIM SAI DA COZINHA. NA SALA, ENCONTRA TITONHO A DEVORAR OS ÚLTIMOS TORRESMOS DO PIRES VERMELHO.

QUIM
Não faça isso, homem…

TITONHO
Que foi?

MÁRIO ROMBO
Pouco barulho, o jogo tá quente, pá…

LOCUTOR
Mas que susto, que susto para a selecção portuguesa, um remate fortíssimo de Mantorras, foi por uma unha negra, foi literalmente por uma unha negra! Mantorras, o menino bonito do Benfica, fez estremecer Portugal…

QUIM
[PARA TITONHO] Então você está a atacar o pires do padrinho?

TITONHO
Mas como assim?

QUIM
[PARA JJ MOURARIA] Você também tá aqui e não tá a controlar o dopping?

JJ MOURARIA
Desculpe, estava com a atenção mais vocacionada para o jogo.

QUIM
Mas o grande desafio tá a decorrer fora das quatros linhas, não adormeça, jovem.

TITONHO
Ma enton gente n' podê c'mê tchôrresme?

QUIM
Não é isso, Titonho, pode comer sim, mas vocês tiram do pires branco. O pires vermelho é do padrinho!

JJ MOURARIA
[MURMURANDO] É uma regra cromática, de índole separatista…

TITONHO
Ahm, desculpe lá, não sabia, também, para dizer a verdade, só comi dois.

LOCUTOR
… a recuperação de Angola, é Jamba com muita velocidade passa por Petit, acho que Petit não viu Jamba passar e deixa para Figueiredo… golpe forte em Figueiredo que avança e o árbitro

mandar seguir, pode ser perigosa a jogada… Figueiredo passa a bola para Mateus que afasta Ricardo Carvalho… vai rematar… foooooorte remate de Mateus… e Ricardo… é Ricardo a afastar a bola da baliza portuguesa, bela iniciativa da selecção angolana…

MÁRIO ROMBO
Caramba, tamos quase no intervalo, nem golos, nem comida. Comé, Nadine?, num disseste que ias garantir um reforço?

NADINE
Calma só, filho, já liguei para a dona São e ela vai mandar cá o sobrinho trazer algo mais pesado.

MÁRIO ROMBO
Pediste peixe-frito, Amor?

NADINE
Pedi, Mário… Mas ela também não tem.

QUIM
Que chatice!

MÁRIO ROMBO
Parece impossível… Porra, daqui a bocado ligo para o meu amigo da Póvoa, o Aurelino, para ele falar lá com as peixeiras amigas dele… Mandavam um carregamento para Lisboa!

NADINE
Ó filho, sim, mas da Póvoa até cá baixo ainda são umas horas…

MÁRIO ROMBO
Ó filha, mas também já vão umas horas desde que andamos a tentar comer um bom peixe-frito.

MINA
A dona São vai mandar um bom petisco, pai.

MÁRIO ROMBO
Ó filha, mas eu não tou mais no tempo dos petiscos, agora é caça grossa já…

MANGUIMBO VOLTA DA CASA DE BANHO.

QUIM
[PARA MANGUIMBO] Está livre?

MANGUIMBO
Eu?

QUIM
A casa de banho!

MANGUIMBO
Sim, com certeza... [SENTE UMA CÓLICA] Como é o jogo, na mesma?

QUIM CORRE PARA A CASA DE BANHO.

TITONHO
Na mesma... Mas Portugal está a pressionar muito.

MÁRIO ROMBO
Portugal? O senhor está a ver bem, Titonho?

TITONHO
Sim, senhor Mário... Portugal está a pressionar...

MÁRIO ROMBO
[IRRITADO] Pois eu... Que sou o dono da casa e da televisão, parece que estou a ver Angola a pressionar mais...!

JJ MOURARIA
[CONCORDANDO COM MÁRIO ROMBO] a mim pareceu-me identicamente...

TITONHO
[PETISCANDO MAIS UM TORRESMO] Bom, às vezes acontece uma pessoa ver mal.

MÁRIO ROMBO
Às vezes acontece, sim!

QUIM CHAMA **JJ MOURARIA**.

QUIM
Ó Jota, vem cá ajudar...

LOCUTOR
Lance perigoso, é canto e Figo parece concentrado... faz sinais obscuros a Cristiano Ronaldo... Ah não, faz sinais a Petit... Ah não... faz sinal a... a... faz sinal a alguém dentro da grande área a quem ele certamente pensa fazer a bola chegar, muito inteligente esta atitude de Figo...

QUIM
Ó Jota... Tou ta chamar!

JJ MOURARIA
[ATENTO AO JOGO] Já vou!

QUIM
[IRRITADO] Não é "já vou", porra, é "vem já"!...

JJ MOURARIA
Então "vem já"!...

LOCUTOR
Figo hesita... aproxima-se da bola... bem marcado... cabeceamento... ahhhhhhhhh... bola na trave, que bela oportunidade teve Portugal agora... parece que a sorte não esteve do lado dos portugueses... Figo faz ali um sinal qualquer ao técnico Scolari... não... fez um sinal a... a... a alguém no banco, certamente ao massagista, ou a um colega de equipe... um amigo talvez ... um familiar... ou mesmo um fã nas bancadas...

QUIM APARECE IRRITADO NA SALA. TIRA A PISTOLA DA CINTURA OUTRA VEZ. PÕE BALA NA CÂMERA.

QUIM
[PARA JJ MOURARIA] Tás a brincar ou quê?... Vem masé ajudar!

JJ MOURARIA
[ASSUSTADO] Desculpe, tio.

TITONHO
Os nervos estão à flor da pele...

MÁRIO ROMBO
No campo?

TITONHO
Não, fora do campo.

NA CASA DE BANHO COM MAUS ODORES.

JJ MOURARIA
Ó tio Quim, isto aqui está a precisar de arejar um pouco...

QUIM
Já abri a janela... A culpa é do teu padrinho.

JJ MOURARIA
E dos torresmos... [TAPA O NARIZ. VOZ FANHOSA] Qual é a estratégia?

QUIM
[TAPA O NARIZ] É a estratégia básica do coador.

QUIM ENTREGA O COADOR A JJ MOURARIA.

JJ MOURARIA
Como assim?

QUIM
Muito simples, vi num filme do 007.

JJ MOURARIA
De quem?

QUIM
Bond. James Bond... Que agora é Jaime Bunda... É simples: eu controlo a porta, tu instalas o coador.

JJ MOURARIA
Eu instalo o coador?

QUIM
Não há tempo a perder, instalas o coador na sanita... Vamos, despacha-te. Eu cubro a porta de entrada enquanto tu executas a missão.

JJ MOURARIA
Comé, tio Quim... Não pode me obrigar a fazer isso...

QUIM
[GESTICULANDO COM A PISTOLA] O padrinho é de quem?

JJ MOURARIA
É meu.

QUIM
A diarreia é de quem?

JJ MOURARIA
É do padrinho.

QUIM
A namorada é de quem?

JJ MOURARIA
É minha.

QUIM
Quem engravidou a filha do meu irmão?

JJ MOURARIA
Fui eu.

QUIM
Quem tem a pistola na mão?

JJ MOURARIA
É você!

QUIM
Então instala isso rapidamente, antes que ele volte para mais uma descarga.

JJ MOURARIA
[AJOELHADO, INSTALANDO O COADOR] *Alea jacta est*.... Aliás, "jacta imparabilis et constantis"!

CAMPAÍNHA TOCA.

NADINE
[FALANDO NA COZINHA] Eu vou, deve ser o sobrinho da dona São que vem trazer a comida.

NADINE DIRIGE-SE À PORTA.

LOCUTOR
Estamos sensivelmente a um minuto do intervalo... o jogo continua zero a zero... um resultado que certamente favorece a selecção angolana...

MÁRIO ROMBO
Olha-me este cabrão!, favorece a selecção angolana! E se estivesse um a zero, golo de Angola, favorecia quem?

NADINE
Entra, filho. Estás bom?

MAKUVELA
Estou sim.

NADINE
A tia está bem?

MAKUVELA
Está sim, pediu para vir entregar esta comida.

NADINE
Ela disse quanto é que é?

MAKUVELA
Ela disse que não era nada.

NADINE
Não, filho, não pode ser.

LOCUTOR
... o árbitro olha para o relógio, está visivelmente exausto este árbitro, apesar de ser jovem... escorre-lhe suor pela cara... bem já não se sabe o que é suor, o que é gel... no ano precisamente em que a Associação Internacional de Dermatologistas fez um apelo ao trio de arbitragem, incluindo o quarto árbitro, para a redução do uso do gel... mas, dizia eu, na altura em que o árbitro olha constantemente para o relógio, vemos ali Luís Figo também preocupado... fazendo, se não estou em erro... fazendo sinais a Scolari... não... não foi a Scolari, porque Scolari está do outro lado do campo... foi possivelmente a algum repórter ou fotógrafo seu conhecido... Figo que é um jogador que já viveu em várias capitais europeias e cuja mulher é suíça... perdão... sueca... bem... suíça ou sueca agora não tenho bem presente... é uma mulher alta, digamos assim, bem constituída...

MAKUVELA
A tia disse que hoje não podia cobrar porque havia aqui um funeral da dona Fatu.

NADINE
É verdade.

MAKUVELA
E também porque a selecção de Angola jogava hoje... A tia não sabe me dizer quanto é que tá o jogo?

NADINE
Entra, filho, estão todos ali na sala, eu vou pôr as coisas na cozinha.

MAKUVELA ENTRA NA SALA.

TITONHO
Bem me parecia que era a tua voz, rapaz... Tudo bem?

MANGUIMBO
[JÁ MAIS BÊBADO] Sim, a mim também me pareceu... Tudo bem, rapaz? Agora dás licença que vou ali à casa de banho.

MAKUVELA
[PARA MÁRIO ROMBO] Muito boa tarde, senhor Rombo.

MÁRIO ROMBO
Comé, tudo fixe? Trouxeste um pitéu?

MAKUVELA
Trouxe, sim.

MÁRIO ROMBO
Sabes se é peixe-frito?

MINA
Mas, pai, já te disseram que não há peixe-frito.

MÁRIO ROMBO
Mas no caminho poderia ter havido um milagre…
Uma vez Jesus transformou a água em vinho… Belo milagre!

MAKUVELA
Mas não é peixe-frito, senhor Rombo, é um caril de Moçambique.

MÁRIO ROMBO
Ao menos isso que é picante…! Senta-te, rapaz, ficas já para ver a segunda parte. Aceitas uma cerveja a estalar?

MAKUVELA
Aceito, muito obrigado.

MÁRIO ROMBO
[PARA TITONHO] Mas vocês já se conheciam todos?

TITONHO
Foi hoje de manhã, estivemos juntos lá na Migração-Com-Fronteiras.

MÁRIO ROMBO
Mas a vossa vida é encontrarem-se nesse edifício ou quê?

TITONHO
É que os assuntos ali demoram muito, senhor Rombo.

MAKUVELA
Tem que se ir lá muitas vezes, aquilo é praticamente a nossa segunda casa.

MANGUIMBO APROXIMA-SE DA CASA DE BANHO. QUIM ESTÁ NA PORTA.

QUIM
[BAIXINHO, PARA JJ MOURARIA] Alerta vermelho, alerta vermelho…

JJ MOURARIA
[TERMINANDO, AGACHADO JUNTO À SANITA] Tenho quê no cabelo?

QUIM
Alerta vermelho, porra… Abortar!

JJ MOURARIA LEVANTA-SE DE REPENTE. ESCONDE ALGUNS OBJETOS.

JJ MOURARIA
Missão concluída, senhor Jaime Bunda...

QUIM
[AINDA PARA JJ MOURARIA] Mais respeito, miúdo... [PARA MANGUIMBO] então, senhor "padrinho", mais uma visitinha?

MANGUIMBO
É verdade... O carteiro toca sempre duas vezes.

QUIM
[SUSSURRANDO] No seu caso já deve ter tocado mais... [EM TOM NORMAL] Mas faça o favor, nós estamos de saída.

MANGUIMBO
Pois eu estou de entrada.

QUIM
Não há problema, qualquer coisa é só chamar.

MANGUIMBO DIRIGE-SE À CASA DE BANHO. JJ MOURARIA E QUIM VOLTAM PARA A SALA.

JJ MOURARIA
[SURPREENDIDO] Jovem Makú por aqui?

MAKUVELA
"Jota"... E tu?

JJ MOURARIA
Esta é a casa da minha dama!

MINA
[SORRINDO] Que sou eu!

MAKUVELA
Muito prazer, sou Makuvela.

JJ MOURARIA
Qual "muito prazer" é esse... Basta só com "algum" prazer!

TODOS RIEM.

MÁRIO ROMBO
Nadine, filha, traz então o pitéu, vamos aproveitar o intervalo para atacar.

TITONHO
Eu não sei se vou comer mais, estou aqui com uma dor de barriga... Posso usar a casa de banho?

QUIM
[RÁPIDO] Não! Está ocupada.

JJ MOURARIA
Confirmo.

TITONHO
Então vou usar aqui ao lado, na Fatu.

QUIM
É melhor.

PASSARAM-SE ENTRETANTO MAIS DE 20 MINUTOS.
JÁ COMERAM E JÁ RECOMEÇOU O JOGO.

MÁRIO ROMBO
Este empate dá-me nervosismo!

JJ MOURARIA
[PARA QUIM] Ó "tio", estou a achar estranho... o padrinho nunca mais volta.

QUIM
Deixa-lhe estar. É bom sinal...

NADINE
E a Fatu?

MINA
Foi para casa dela e não voltou mais.
Não quis ir lá incomodar, deve estar a descansar um pouco.

NADINE
Deve ser isso.

MÁRIO ROMBO
Epá, calma aí com o falatório que estamos numa parte crítica, canto para Angola...

LOCUTOR
... pode ser um lance de perigo... É Figueiredo quem vai bater o canto... O árbitro resolve ali entretanto algumas picardias entre os jogadores... Habituais, de resto, neste gênero de lance... As mãos passeiam pelos corpos do adversário, numa nítida tentativa de causar alguma irritação... Isto depois origina, obviamente, comentários menos simpáticos relativamente às respectivas mães dos jogadores... Ricardo parece nervoso... Gesticula... Ricardo gesticula, parece-me que para Scolari... Não... Não deve ser, Scolari não tem ângulo para poder ver os gestos de Ricardo... E aí está, Figueiredo recua, apanha balanço... Muito bem marcado... A bola segue em arco... Salta toda a selecção angolana... Pode haver perigo... [GRITA] Pode haver perigo!...

VOZ É CORTADA DE REPENTE.
A LUZ FOI.

TODOS
Aahhhhhhhhh!.......

MÁRIO ROMBO
Puta que o pariu...!

QUIM
Puta que o pariu...!

JJ MOURARIA
Eu diria o mesmo se estivesse em minha casa.

MÁRIO ROMBO
Mas aqui em Portugal também tem Robin dos Postes?!

TITONHO REAPARECE.

TITONHO
Ai, meu deus, isto é muito azar...

MÁRIO ROMBO
Eu não acredito nisto!

NADINE
Calma, Mário.

JJ MOURARIA
[PARA MÁRIO ROMBO] calma, senhor Rambo...

MÁRIO ROMBO
[DESESPERADO] Eu não acredito nisto... querem me matar do coração... primeiro é porque não há peixe-frito... depois é que para conseguir um rádio tenho que trazer um morto e ainda por cima o rádio não funciona e o morto fica aqui a assistir o jogo...

MINA
Calma, pai...

MÁRIO ROMBO
E agora, mesmo estando na Tuga, a pagar imposto com 21 por cento mais a segurança social... a luz vai... e eu não posso ver o jogo da minha selecção... [MUITO TRISTE] Mas eu fiz quê a Deus?!

QUIM
Mano, agarra só a tua calma... A luz já volta.

NADINE
Eu vou buscar velas.

MANGUIMBO VOLTA DA CASA DE BANHO.

MANGUIMBO
Felizmente já tinha feito o que havia para fazer... [PAUSA] Mas quanto é que está o jogo?

MAKUVELA
Isso gostaríamos nós de saber.

MANGUIMBO
Ó como é, tás aqui?

MAKUVELA
Yá, vim trazer comida.

MANGUIMBO
Olha aqui estamos a varrer uns torresmos cinco estrelas "faine" bem "gude"!

MÁRIO ROMBO
Bom, mas agora vamos lá organizar melhor este esquema.

QUIM
[PARA MANGUIMBO] Sente-se, padrinho, procure a sua cadeira e sente-se. [PARA JJ MOURARIA] Jota num queres ir à casa de banho?

JJ MOURARIA
[RELAXADO] Eu não, obrigado.

QUIM
[AUTORITÁRIO] Queres, sim! Vai lá à casa de banho e vê se está tudo bem.

JJ MOURARIA
[ENTENDENDO] Ahn... está bem... Vou ver se está tudo bem.

MÁRIO ROMBO
Aqui é que não está tudo bem... [PARA QUIM] Ó mano, vamos reorganizar a tropa.

QUIM
Então diz.

MÁRIO ROMBO
Aqui o falecido vai já para casa, porque já não está aqui a ver grande coisa...

TITONHO
Am te levá esse defunto pa casa. E o rádio, vai?

MÁRIO ROMBO
O rádio fica. É a nossa última esperança.

QUIM
Ok!

MANGUIMBO
[BÊBADO] Ok! Ok positivo! Câmbio!

MÁRIO ROMBO
Ó Makuvela...

MAKUVELA
Diga, senhor Rombo.

MÁRIO ROMBO
Vais partir em missão urgente de arranjar pilhas pro rádio.

MAKUVELA
Com licença então... Fui!

MINA
Eu vou procurar mais velas.

QUIM
Mas, mano, senta-te então, assim tás muito nervoso.

MÁRIO ROMBO
[SENTANDO-SE] Tens razão. [PARA MANGUIMBO] O "padrinho" podia ajudar a levar o falecido.

QUIM
O Jota ajuda, o padrinho fica aqui conosco.

MANGUIMBO
[NÃO SE CONSEGUE LEVANTAR] Mas eu quero ajudar...

QUIM
[AUTORITÁRIO] Mas eu já disse que fica sentado. Não é preciso. O Jota tem que fazer exercício físico. [GRITA PARA O JJ MOURARIA] Ó Jota, volta aqui à base.

JJ MOURARIA REGRESSA DA CASA DE BANHO.

QUIM
[BAIXINHO] Sinais das "rolling stones"?

JJ MOURARIA
Como?

QUIM
[BAIXINHO] As pedras!, há sinais das pedras?

JJ MOURARIA
Negativo, tio. Só um cheiro suspeito.

QUIM
Poupa-me!... [AINDA PARA JJ MOURARIA] Então ajuda aqui o Titonho a levar o falecido para casa.

JJ MOURARIA
Com certeza. Vamos lá, Titonho.

TITONHO
Vamos lá... *Cada um ne sê casa; cada corpe ne sê cama...*

JJ MOURARIA
[COM DIFICULDADE EM SUPORTAR O PESO DO MORTO] Ê pá... isto... está... difícil...

TITONHO
Verdadeiramente... difícil...

MÁRIO ROMBO
Mas esse morto, comé? Cada vez mais pesado?

MANGUIMBO
Isso pode ser feitiço!

MÁRIO ROMBO
Qual feitiço qual quê... Feitiço é a falta de luz que não me deixa ver o jogo... [PARA MANGUIMBO] Vá lá, ajude então a levar o vizinho. [DEPOIS PARA MINA] Ó filha, ajuda também aí com o petromax[20].

MINA
Sim, pai.

MINA AJEITA A VELA, PREPARA-SE PARA IR ILUMINANDO O CAMINHO.

MANGUIMBO
[COM DIFICULDADE LEVANTA-SE] Ok, positivo. Câmbio e desligo!

QUIM
Mas volte depressa, "padrinho", ainda há muita cerveja para entornar...

MANGUIMBO
[PARA JJ MOURARIA E TITONHO] Vamos lá... Um, dois... Três!

JJ MOURARIA
[FAZENDO ESFORÇO] Irra!...

20. Petromax: *lamparina, candeeiro*.

TITONHO
[FAZENDO ESFORÇO] Chiça!...

MANGUIMBO
[FAZENDO ESFORÇO] Pópilas!...

SAEM OS TRÊS COM O FALECIDO PARA O APARTAMENTO DE FATU. MINA SEGUE À FRENTE. PARECE UMA PROCISSÃO. QUIM APROVEITA E DIRIGE-SE À CASA DE BANHO.

MÁRIO ROMBO
Mas tás com diarrumba, Quim?..., toda hora na casa de banho...

QUIM
Nada, mano. Tou em missão mesmo... Volto já.

MÁRIO ROMBO
Nadine, estás aí, filha?

NADINE
Estou aqui.

MÁRIO ROMBO
Que dia, não, filha?

NADINE
Pois é... Também estou estourada, não vejo a hora de ir para a cama... [PAUSA] Queres que eu vá pedir a algum vizinho se tem rádio?

MÁRIO ROMBO
[JÁ MAIS BEM DISPOSTO] Rádio, Nadine? [RISO LIGEIRO] Rádio é coisa de antigamente, ninguém mais tem rádio... Agora têm eme-pê-três e o caraças...

NADINE SORRI.

MÁRIO ROMBO
Não viste mesmo aqui no nosso grupo o único que tinha rádio era o morto, e mesmo assim sem pilhas...

NADINE
Não me faças rir, Mário.

MÁRIO ROMBO
Que dia..., mas também te digo... Sabes o que me custa mais, filha?

NADINE
A questão da tua filha?

MÁRIO ROMBO
Não... isso parece-me que tá mais ou menos resolvido, ou então o Quim resolve isso depois.

NADINE
O jogo de futebol? Tás preocupado?

MÁRIO ROMBO
Não, filha... é igual... Já não vamos levar grande carga de porrada, mesmo que os tugas ganhem, já é só um golo ou dois.

NADINE
Mas ainda tás com essa carinha de preocupado.

MÁRIO ROMBO
Não contes a ninguém, Nadine... [TRISTE] Mas tu não imaginas a vontade que eu tive hoje de me dar encontro com um bom peixe-frito...

NADINE
Com muito limão e cebolada?

MÁRIO ROMBO
E jindungo! Para dar um certo ritmo...

NADINE
[BEIJANDO-O NA TESTA] Ai, Mário..., és igualzinho ao teu pai!

APARTAMENTO DE FATU. ENTRAM MINA, JJ MOURARIA, TITONHO E MANGUIMBO COM O CORPO. PARAM NA SALA.

MANGUIMBO
Epá, pousa só o muadiê aqui no sofá, não era aqui que ele gostava de ficar?

TITONHO
[BAIXINHO] Shiuuu... mas aqui a Fatu está a dormir, pode se assustar de acordar sozinha com o morto aqui perto dela.

JJ MOURARIA
Tem razão, Titonho...

MANGUIMBO
[COM PRESSA] Epá, mas eu não aguento mais, tenho que ir à casa de banho... [PARA TITONHO] Onde é o Wilson de Carvalho?

TITONHO
Quê? Ílson?

MANGUIMBO
O WC, mais conhecido como casa de banho?

TITONHO
É ali na segunda porta.

JJ MOURARIA
[ATRAPALHADO, INTERROMPENDO] Mas... É melhor ir lá na casa do senhor Rambo... aqui vai fazer muito barulho e...

MANGUIMBO
Qual barulho é esse? Eu num dou puns a esta hora.

JJ MOURARIA
Não... mesmo assim, "padrinho"... A canalização não está devidamente apetrechada...

MANGUIMBO
Ok, positivo... vou então na casa do senhor Silvestre Estalóne...

TITONHO
De quem?!

JJ MOURARIA
Não interessa, Titonho. Vamos só deitar o falecido.

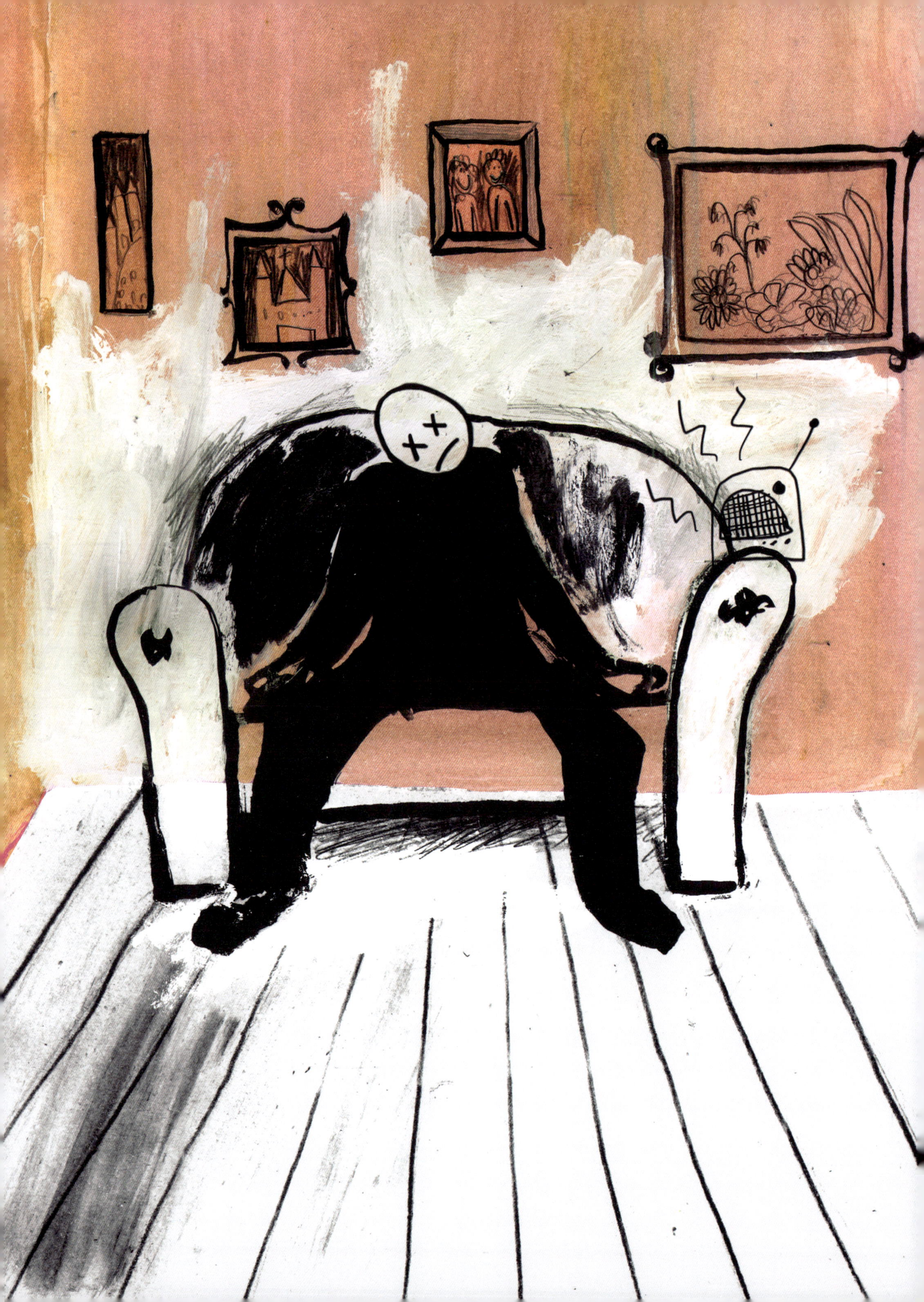

JJ MOURARIA E TITONHO LEVAM O FALECIDO PARA O QUARTO. MANGUIMBO SAI APRESSADO. MINA SAI PARA ILUMINAR O CAMINHO. MANGUIMBO DIRIGE-SE ÀS ESCADAS.

MINA
[SURPREENDIDA] Senhor Manguimbo... Vai-se embora? O tio Quim está à sua espera.

MANGUIMBO
[DISFARÇANDO] Eu sei... Isto é... O Titonho... Não... A dona Fatu já tinha me pedido para ir buscar uma coisa ali na bomba de gasolina...

MINA
Mas aqui perto? [PAUSA] Olhe que aqui não há nenhuma bomba.

MANGUIMBO
Há sim, minha "afilhada"... Você é que não conhece os caminhos da vida... [DEPOIS, SÉRIO] Nós, angolanos, conhecemos lugares que os outros povos desconhecem...

MINA
[PENSANDO QUE MANGUIMBO ESTÁ A BRINCAR. DIVERTIDA] Está bem... e se o tio Quim perguntar por si?

MANGUIMBO
[FAZ UMA PAUSA, PENSA UM POUCO. FALA COM GOSTO] Se o tio Quim perguntar por mim... Diga que eu fui ali à "Casa Andeia" e que volto já...

MINA
À casa da Andreia?

MANGUIMBO
Não, filha... Ouve bem: a "Casa Andeia!"... "Casa Andeia", ele vai entender logo.

MINA
Está bem. Até já.

MANGUIMBO
[DESCENDO, CAMBALEANTE] Até já, minha afilhada... Até já... [DESCE CANTAROLANDO] "Eu vou... Eu vou... Morrer em Angola... Com armas... Com armas, de guerra na mão..."

NO APARTAMENTO DE FATU, JJ MOURARIA E TITONHO REGRESSAM À SALA. TITONHO SENTA-SE JUNTO DE FATU, QUE DORME.

JJ MOURARIA
Titonho…? Não vem ouvir o resto?

TITONHO
Ouvir o resto do quê?

JJ MOURARIA
Do relato do jogo.

TITONHO
Ouvir como?

JJ MOURARIA
No rádio do falecido.

TITONHO
E onde é que estão as pilhas que fazem funcionar o rádio do falecido?

JJ MOURARIA
Hão de chegar…

TITONHO
[SONOLENTO] Não… *Am tó fórte de permessa*. Sempre a falarem de coisas que hão-de chegar… Eu estou bem aqui, deixe estar. Pode ir… *F'tchá porta éntes de saí*.

JJ MOURARIA
Até amanhã… Rest in "please".

JJ MOURARIA SAI DO APARTAMENTO DE FATU. ENCONTRA MINA NO CORREDOR, SORRIDENTE.

MINA
Estava à espera de ti!

JJ MOURARIA
Que bela surpresa… [DE REPENTE LEMBRA-SE] Mas o teu tio está à espera para continuarmos as investigações do Manguimbo…

MINA
Mas o Manguimbo acabou de descer.

QUIM ABRE A PORTA DO APARTAMENTO DE MÁRIO ROMBO. DEPARA-SE COM OS DOIS.

QUIM
Ó meninos, o que é isso? Nada de beijos aí no escuro, para mais à frente da casa do morto...

JJ MOURARIA
Mas ainda não estávamos nessa parte, senhor Quim. Estava a ver se localizava o Manguimbo.

QUIM
[ASSUSTADO] Como assim? Ele não tá aí no apartamento com o morto?

JJ MOURARIA
Ele disse-me que ia à casa de banho na casa do senhor Rombo.

MINA
Ele desceu, tio.

QUIM
Desceu? Desceu como?

MINA
Desceu estas escadas, mas volta já... Ele até deixou um recado.

QUIM
Qual recado?

MINA
Não entendi bem, primeiro disse que ia à bomba de gasolina...

QUIM
Mas aqui não há bomba de gasolina nenhuma!

MINA
Foi o que eu lhe disse... Depois então ele mudou de ideias.

JJ MOURARIA
Como assim?

QUIM
Como assim?

MINA
Disse-me que se o tio Quim perguntasse por ele... para dizer que ele foi à casa... à casa... já sei, ele disse que foi à "Casa Andeia" e que já volta.

QUIM
[MUITO DESANIMADO, COM AR DE DERROTADO MESMO] Ele disse "Casa Andeia"? Tens a certeza...?

MINA
Absoluta, tio. "Casa Andeia".

JJ MOURARIA
[PENSATIVO] Casa Andeia, não tou a ver... Só se for para lá de Celorico!

QUIM
Casa Andeia!... Nem podes ver, Jota. É um código de antigamente...

QUIM FECHA A PORTA DO APARTAMENTO DEIXANDO OS DOIS NO CORREDOR.

MINA
Jota, apaga a vela.

JJ MOURARIA
Mas vamos ficar às escuras.

MINA
[SORRINDO] Sim, apaga a vela!

JJ MOURARIA APAGA A VELA.

DENTRO DO SEU APARTAMENTO, MÁRIO ROMBO ESTÁ À JANELA A FUMAR. QUIM APROXIMA-SE DELE.

MÁRIO ROMBO
[SORRINDO TRANQUILO] Não precisas de dizer nada, Quim... Tá tudo bem...

QUIM
O sacana do "padrinho"!

MÁRIO ROMBO
Tudo está bem quando acaba bem, Quim.

QUIM
Desaparece e ainda tem o desplante de deixar recado...

MÁRIO ROMBO OFERECE UM CIGARRO A QUIM.

MÁRIO ROMBO
Fuma um cigarro também. Vai-te acalmar.

QUIM ACEITA O CIGARRO. ACENDE-O.

QUIM
Deixou recado com a Mina, a dizer que ia à Casa Andeia e que já voltava…

MÁRIO ROMBO
[SORRINDO] A "Casa Andeia"! Há que tempos que não ouvia isso…
Faz me lembrar o pai outra vez.

QUIM
O pai quando ia à Casa Andéia não tinha hora de voltar…

OUVE-SE GRITARIA DE CELEBRAÇÃO AO LONGE.

MÁRIO ROMBO
Ouves a gritaria, Quim?

QUIM
Ya.

MÁRIO ROMBO
[TRISTE] Portugal deve ter vencido, não?

QUIM
Não sei… Aqui no nosso bairro essa gritaria não quer dizer nada… [PAUSA] Tanto pode ser vitória de Portugal como de Angola.

MÁRIO ROMBO
Quim?

QUIM
Diz, mano.

MÁRIO ROMBO
Até vou apagar o cigarro para cheirar melhor…

QUIM
O que foi?

MÁRIO ROMBO
Era capaz de jurar que sinto o cheiro de peixe-seco!

QUIM
Tens cada uma, mano… O pai é que adorava peixe-seco.

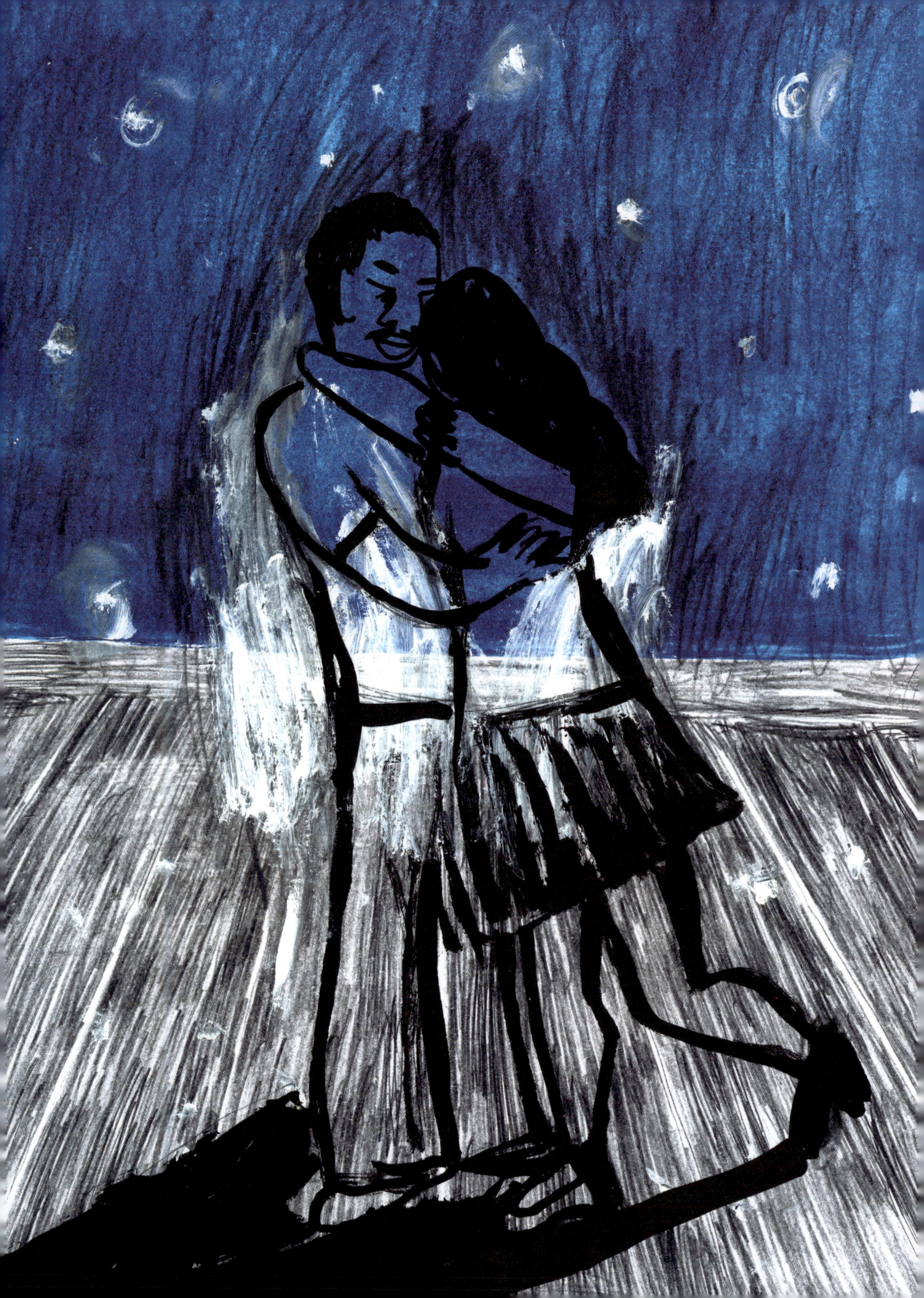

TERRAÇO DO PRÉDIO.
JJ MOURARIA E MINA CHEGAM ABRAÇADOS.

JJ MOURARIA
Ouves essa confusão?

MINA
Oiço sim.. Tanto barulho... Mas então Portugal deve ter vencido, não?

JJ MOURARIA
Não quer dizer nada, respectivamente...

MINA
Mas ó Jota, onde é que tu aprendeste a falar assim à toa?

JJ MOURARIA
Mas como "à toa"? [ESPANTADO] Não me digas que não conheces o termo "respectivamente"?

MINA
Conheço sim... Mas como o acabaste de usar, não é respectivo com nenhum significado...
[PAUSA] Diz lá, achas que Portugal ganhou? Coitado do meu pai...

JJ MOURARIA
Esta festança nas proximidades não quer dizer nada, Mina... Aqui no nosso bairro, tanto pode
ser vitória de Portugal como de Angola...

MINA
Bem, também já não me interessa... Dá-me um beijo bom!

JJ MOURARIA
Como é um beijo bom, Mina?

MINA
Vês aquelas estrelas brilhantes no céu?

JJ MOURARIA
Vejo.

MINA
Um beijo bom é eu fechar os olhos... [ELA FECHA OS OLHOS] Tu dás-me um beijo...
E eu continuo a ver estrelas...

JJ MOURARIA BEIJA-LHE DEVAGAR O PESCOÇO. DEPOIS A BOCHECHA. PASSA PELA
ORELHA. VOLTA AO PESCOÇO. APROXIMA O SEU CORPO. ELA FOGE UM BOCADO. ELE

CONTINUA A BEIJAR O PESCOÇO. SEM QUERER TROPEÇAM. HÁ UM ESTRONDO.
DEIXAM CAIR ALGO. DESATAM A RIR.

JJ MOURARIA
Amor... Magoaste alguma articulação lateral? O osso da bunda?

MINA
[GARGALHADA] Ai, afinal bunda tem osso? Não sabia...

JJ MOURARIA
É uma forma de falar... Mas que caixas são essas?

MINA
Que cheiro é este?

OBSERVAM. HÁ PEIXE-SECO ESPALHADO PELO CHÃO.

JJ MOURARIA
Peixe-seco, e é do bom!

MINA
A sério...? É peixe-seco?

JJ MOURARIA
[PEGANDO NALGUMAS POSTAS] É peixe-seco, sim... Que estranho, é muito bom, está bem conservado.

MINA
Alguém deve ter posto aqui para secar, então.

JJ MOURARIA
Amor...

MINA
Diz.

JJ MOURARIA
Estava todo mundo triste lá em baixo porque não havia peixe-frito, se calhar devíamos ir lá levar este peixe.

MINA
Ai, Jota... Desculpa... Cada coisa tem o seu tempo... [ABRAÇA-O] Vem cá, dá-me lá o tal beijo que me prometeste antes de cairmos.

JJ MOURARIA
Eu com a queda quase que já via estrelas, mesmo sem o beijo...

MINA
[SORRINDO] Mas vais ver que com o beijo as estrelas brilham mais.

JJ MOURARIA ABRAÇA-A. BEIJA-A NO PESCOÇO. ELA FECHA OS OLHOS, ELE VAI PARANDO O BEIJO.

JJ MOURARIA
Mina...

MINA
O que foi, amor?

JJ MOURARIA
Desculpa só a interrupção inusitada neste beijo estrelar... Mas é que estou a pensar uma coisa.

MINA
O que foi, amor?

JJ MOURARIA
Já viste bem... Desde hoje de manhã, todos... À procura de peixe-frito...

MINA
Sim.

JJ MOURARIA
E nós sem querer aqui, já no fim do dia, longe de todos... Encontramos o peixe-seco.

MINA
Não estou a entender nada, Jotinha.

JJ MOURARIA
Eu também não estou a entender, limito-me a constatar... [PAUSA] Uma pessoa passa tanto tempo a querer peixe-frito...

MINA
Ou me beijas... Ou me beijas, Jota...

JJ MOURARIA
E é a própria vida que nos esconde o peixe-frito e nos dá de presente um monte de peixe-seco!

MINA
Beija-me só, Jota... Mesmo em cima do cheiro do peixe-seco, eu quero ver estrelas nascerem no nosso beijo...

JJ MOURARIA
Fecha os olhos, amor... Vou-te beijar como se Angola tivesse ganhado a Portugal e o teu pai estivesse já a comer peixe-frito...

MINA
Com limão...

JJ MOURARIA
Com jindungo... E um monte de cebola, como o teu tio gosta...

MINA
Gosto quando falas e me beijas, Jota.

JJ MOURARIA
Fecha os olhos, amor... Vou te beijar com estrelas brilhantes... Mas depois temos que ir levar este peixe-seco lá para baixo. Parece que aqui há peixe para muita gente.

FIM

ONDJAKI

Nasceu em Luanda, em 1977. Prosador e poeta, é membro da União dos Escritores Angolanos. Está traduzido para francês, espanhol, italiano, alemão, inglês, sérvio, sueco, polaco (www.kazukuta.com).

Venceu os prémios Sagrada Esperança (Angola, 2004), António Paulouro (Portugal, 2005), Grande Prémio APE (Portugal, 2007), Grinzane Young Writer (Etiópia, 2008), FNLIJ (Brasil, 2010, 2013 & 2014), Jabuti (Brasil, 2010 & 2014), Caxinde (Angola, 2011), Bissaya Barreto (Portugal, 2012) e o prémio José Saramago (Portugal, 2013).

VÂNIA MEDEIROS

Nasceu em Salvador, Bahia, em 1984. É artista plástica, desenha, pinta, faz cenografia, instalações e anda de bicicleta. Seu trabalho pode ser visto no: https://www.flickr.com/photos/vania_medeiros